Friedemann Behr

Der ausgestopfte Pfarrer

*Geschichten
aus dem
Schleizer Oberland*

EVANGELISCHE VERLAGSANSTALT
BERLIN

Schrifttum der Pressestelle
der Evangelisch-Lutherischen Kirche
in Thüringen

ISBN 3-374-00535-7

3. Auflage 1988
© Evangelische Verlagsanstalt GmbH Berlin 1984
Lizenz 420.205-152-88. LSV 6530. H 5396.810/VAIII
Einband und Typografie: Ursula Walch
Illustrationen: Hans Wiegandt
Printed in the German Democratic Republic
Satz und Druck: Gutenberg Buchdruckerei und Verlagsanstalt Saalfeld,
Betrieb der VOB Aufwärts
Bindearbeiten: GG Interdruck Leipzig
00330

Inhalt

Vorwort 5
Kalte Füße 6
Der ausgestopfte Pfarrer 9
In Burgkhammer 12
Keiner will der erste sein 16
Der schwarze Hahn 21
Allerlei Taufen 24
Verbotene Spiele 28
Eine Nacht im August 32
Unsere Dorflinde 35
Kein Platz für Rosel? 39
»Lebensbrot« 42
Dreiundsechzig Martinsgänse 46
Noch eine Gänsegeschichte 50
Krügers Karl ist gestorben 53
Der Nikolaus in der Badewanne 57
Advent im Schloß 60
Der Vierundzwanzigste 65
Aus der Chronik 69
Feuer und Eis 73
Zum Schluß: das Wetter 77

Vorwort

Im Jahre 1983 feierte Möschlitz im Kreis Schleiz in Ostthüringen sein 650jähriges Bestehen als Dorf und Marktflecken. Erinnerungen wurden wach an meine zehnjährige Tätigkeit als Vikar und Pfarrer in dieser Kirchgemeinde, zu der noch Grochwitz, Burgk mit einer Predigtstätte in der Schloßkapelle und Burgkhammer an der Saale gehören.

Obwohl erst knapp zwanzig Jahre vergangen sind, seit ich diesen schönen Ort im wiesenreichen Wisental, umgrenzt von dunklen Fichten und hellen Birken – der meiner Frau, unseren drei Kindern und mir zur Heimat wurde –, verließ, wirken die Erzählungen fast wie aus alter Zeit.

Tatsächlich haben sich unsere Dörfer ab Mitte der sechziger Jahre durch die Industrialisierung der Landwirtschaft erheblich verändert. Es entstand und entsteht eine neue moderne Lebensweise auf dem Lande. Dies führt auch zur Veränderung kirchlicher Sitten und allgemeinen Brauchtums.

So bereitet es mir Freude, etwas festzuhalten von dem, was war; ohne Wehmut, aber mit Achtung vor den Menschen, die oft unter sehr bescheidenen Bedingungen leben und arbeiten mußten und sich doch ein Lächeln bewahrten, nicht zuletzt auch über sich selbst.

Gera, im August 1983 *Friedemann Behr*

Kalte Füße

Früher mußten die Einwohner von Burgk und Burgkhammer nach Möschlitz, wenn sie den Gottesdienst besuchen wollten. Auch mit dem Kind zur Taufe blieb ihnen der weite Weg nicht erspart. Die Kirche in Schloß Burgk, die schöne Schloßkapelle mit ihrer wertvollen Silbermannorgel, war der Bevölkerung nicht zugänglich. Nach dem zweiten Weltkrieg ging das Schloß aus privatem in staatlichen Besitz über. Seitdem haben auch die getauften Christen am Ort ihre Kirche. Es ist ihnen gestattet, die Schloßkapelle mietfrei zu Gottesdienst und Amtshandlungen zu benutzen.

Im Sommer versammelt sich die Gemeinde in der frühen Morgenstunde, ehe das Schloßmuseum seine Pforten öffnet und die Besucher durch die Gänge und Räume strömen. Die Sonne schickt ihr Licht durch die bunten Scheiben, so daß sich auf dem Weiß und Gold des Schnitzwerkes an Wand und Emporen ein wunderbares Farbenspiel ergibt, das löst und befreit und einstimmen läßt in den Jubel der Choräle. Damit den Pfarrer seine Beredsamkeit nicht hinwegträgt über Raum und Zeit, ist ihm eine Sanduhr auf der Kanzel an die Seite gegeben, die wie in alten Zeiten genau über sein Zeitmaß wacht und zur Kürze mahnt.

Im Winter dagegen ist es ein bißchen dunkel und vor allem recht kalt. Die Kapelle ist schön, aber sie ist nicht zu heizen. So sitzen die Kirchgänger beisammen, der Hauch steht ihnen vor dem Mund, und warten, daß das

Glöcklein den Gottesdienst einläutet. Warme Unterwäsche und dicke Mäntel schützen die Leiber, aber die Füße, die Füße! Der Steinfußboden strahlt eine eisige Kälte ab.

Hermann flüstert zu Minna: »Meine Fußen, meine Fußen, die sein fei kalt.« Plötzlich steht er auf und geht hinaus. Seine Schritte hallen durch die stille Kapelle. Ob er aufgibt, noch ehe der Gottesdienst beginnt? Hermann ist nicht mehr der Jüngste, und der Arzt sagt immer: Keine halten Füße, das ist Gift für die Nieren. Alle schauen ihm nach, wie er geht. Die Tür fällt ins Schloß. Hermann ist weg. Nach einer Weile geht die Tür wieder auf. Hermann ist wieder da. Er geht zurück in die Bank. Seltsam, diesmal hallen seine Schritte nicht durch den Raum. Er läuft gedämpft. Hermann sitzt. Sein vordem blasses Gesicht wird langsam rot, er strahlt, ihm ist warm.

Jetzt steht Minna auf, obwohl die Glocke läutet. Auch ihre Schritte klingen hart. Sie verläßt die Kapelle. Alle schauen ihr nach. Wenig später ist sie wieder da. Lautlos wie Hermann und zufrieden wie er.

Und so geht das weiter. Die ganze Gemeinde geht mal raus, kommt wieder herein; hinaus mit festem Schritt, zurück lautlos und irgendwie unsicher. Bis zum Ende der Liturgie war jeder einmal draußen. Der Pfarrer kann sich keinen Vers auf dies sonderbare Gebaren machen. Plötzlich wird ihm ganz heiß, ein schrecklicher Verdacht steigt in ihm hoch: Sollte etwa draußen in der Fensternische ein Fläschchen stehen zur inneren Erwärmung, so wie sie seinerzeit als Schüler draußen auf dem Korridor hinter der Gardine im Fenster ein Wörterbuch hatten, in das jeder gequälte Schüler hilfesuchend einen Blick tun konnte? Und hier: Jeder geht mal raus, tut einen tiefen Schluck und kommt erwärmt zurück! Daher auch der unsichere Gang.

Die Kanzel ist ziemlich hoch. Von ihr aus sieht man alles im Raum. Der Blick nach unten bis zu den Füßen gibt Gewißheit, er löst das Rätsel. Hermann trägt über seinen Schuhen dicke Filzpantoffeln, bei Minna ist es nicht anders. Die ganze Gemeinde erfreut sich dieser wärmenden Hüllen und lauscht andächtig und mit warmen Füßen der Predigt. Aber wo kommen plötzlich die vielen Filzpantoffeln her? Das ist schnell gesagt. Im Schloß gibt es Zimmer mit herrlichem Parkettfußboden. Um ihn vor Kratzern zu schützen, müssen die Museumsbesucher Filzpantoffeln anziehen, die reichlich zur Verfügung stehen. Hermann aber kommt das Verdienst zu, als erster auf den Gedanken gekommen zu sein, sie auch für einen »geistlichen« Zweck zu nutzen.

Der ausgestopfte Pfarrer

An einem Vorfrühlingstag saß ich in der kleinen Sakristei der Kapelle von Schloß Burgk. Es war ein verhangener Tag. Um vierzehn Uhr sollte eine Taufe gehalten werden. Talar und Beffchen hatte ich schon angelegt; und weil ich vom Weg über Land erhitzt war und es ein wenig zog, setzte ich auch das Barett auf. Wozu hatte ich es sonst mit. Es wärmte mir schön das Haupt. So saß ich, die Agende in der Hand, und wartete auf die Taufgesellschaft.

In die Stille der Kapelle, die trotz der Mittagszeit in gedämpftem Licht lag, drang plötzliches Rumoren. Es näherten sich die ersten Besucher nach der Mittagspause. Mit fröhlicher Ehrfurcht betrachteten die Ausflügler auf dem langen Gang die aufgestellten Spieße, Schwerter und Stangen. Mit besonderer Aufmerksamkeit wurden aber die ausgestopften Ritter beschaut, die da in voller Lebensgröße, von oben bis unten mit viel Eisen wehrhaft bekleidet, mit ihrem heruntergeklappten Visier der staunenden Menge gegenüberstanden. Einige Frauen der Besuchergruppe hatten sich von den anderen abgesondert, weil sie sich nicht so sehr für lange Spieße und scharfe Schwerter interessierten, und entdeckten dafür am Ende des Ganges die Kapelle. Vorsichtig traten sie durch die geöffneten Türen ein. Für einen Augenblick schwiegen auch sie ob der Stille des Raumes. Aber dann setzten sie sich in Bewegung, um die Kostbarkeiten der Schloßkapelle mit weiblicher Genauigkeit ein wenig

näher in Augenschein zu nehmen. So kam es, daß sich eine Frau bis in die dunkle Ecke vorwagte, in der sich die kleine, in eine Fensternische eingebaute Sakristei befand.

Durch einen Spalt der leicht angelehnten Sakristeitür gewahrte sie etwas Aufregendes: eine Gestalt, die auf den Knien ein großes Buch hielt, in langem, schwarzen Gewand mit ebenso schwarzer altertümlicher Kopfbedeckung, auf einem Hocker sitzend.

Augenblicklich fühlte die Frau, was ihr für eine Entdeckung gelungen war und kam in ihrer Aufregung zu der Ansicht: Zu Spießen und Stangen gehören ausgestopfte Ritter; zu Altar, Kerzen und Orgel ein ausgestopfter Pfarrer. Schließlich war man ja in einem Museum! Ganz laut rief sie: »Guckt e mal alle her, hier is e ausgestopfter Pfaffe, ganz so, wie se früher warn!«

Jetzt war meine Zeit gekommen. Hier mußte Klarheit geschaffen werden. Und ich erhob mich. Gerade als die übrigen Frauen herbeigestürzt kamen, um diesen ausgestopften Pfarrer mit eigenen Augen zu sehen, aber noch keine den Mut aufgebracht hatte, die angelehnte Tür ganz zu öffnen, tat sich diese zum Entsetzen aller scheinbar von ganz allein auf.

Zum noch größeren Entsetzen stand da ein ausgewachsener Mann in voller Größe und Würde. War es ein Geist, der sich in seiner vielhundertjährigen Ruhe gestört fühlte, oder wie sollte man sich's erklären? Ein schriller Schrei folgte auf diese völlig unerwartete Begegnung. Dann war es eine Sekunde totenstill. Und ehe ich noch dazu kam, ein klärendes Wort zu sprechen, setzte eine panikartige Flucht ein. Im Nu war die Kapelle leer. Ich hörte nur das sich entfernende Geklapper von Stöckelschuhen auf dem steinigen Boden. Das ging so schnell, daß ich jetzt beinahe selbst an eine Geistererscheinung glauben wollte!

11

In Burgkhammer

Jahr um Jahr stehen ungezählte Besucher vor dem Schloß in Burgk und schauen über die Mauer hinunter ins Tal. Linkerhand kommt die Saale durch die Wälder in breitem Strom von Saalburg her; zu Füßen der Beschauer schlägt sie einen Bogen und umfließt ein Wiesenstück, das wie eine Halbinsel aussieht, um sich vor einer Sperrmauer zu stauen. Nach dem Durchfluß durch das Ausgleichsbecken beschreibt sie wiederum einen Bogen und entschwindet Richtung Ziegenrück hinter dem lieblichen Sophienberg den Blicken. An diesem »doppelten Saaleknie« sehen wir ein paar große Häuser mit mächtigen, steilen Dächern. Das ist Burgkhammer, kein Dorf, keine Stadt. Es gibt da unten weder einen Bauernhof noch eine Kirche, noch ein Gasthaus oder eine Schule; dafür aber Fabrikgebäude, die von Werkswohnungen für die Arbeiter umgeben sind. Früher war da ein Eisenhammer, den man mit dem Wasser der Saale betrieb, das vom Fluß »hinter dem Knie«, der tiefer liegt, durch den Berg geleitet wurde. So kam durch das Gefälle eine stärkere Antriebsleistung zustande. Bis zum zweiten Weltkrieg und noch in der Nachkriegszeit war hier eine Papierfabrik. Die Arbeiter mußten ihr tägliches Brot recht mühsam verdienen. Das Wort von der »guten alten Zeit« traf auf sie nicht zu. Manches Lebensschicksal der älteren Leute in Burgkhammer erzählt davon.

Ida konnte sich nur mühsam in ihrer Wohnung bewegen. Vors Haus kam sie eigentlich nie. Die Beine waren steif. In ihrem sechsten Lebensjahr befiel sie starkes Fieber, ihre Glieder erschlafften. Der Landarzt mußte zu seinem Bedauern feststellen: Hier liegt ein Fall von Kinderlähmung vor, da kann ich leider nicht helfen. Versuchen Sie es im Krankenhaus in der Stadt. Im Krankenhaus wurde ihnen gesagt: Wir können helfen, aber die Operation kostet achthundert Mark. So viel Geld hatte der Vater noch nie in seinem Leben gesehen, geschweige denn besessen. Seufzend und traurig zog er den Handwagen die weite Strecke zurück. Ein Vater, der sein Kind leiden sieht und ihm doch nicht helfen kann, weil er zu arm ist!

Herta traf ich sommers wie winters in der Stube an. Sie saß dort auf dem Sofa. Ihr blasses Gesicht war ohne Glanz. Sie war als Schulmädchen infolge von Scharlach im ersten Weltkrieg erblindet. Der Vater war gefallen. Die Mutter hatte alle Hände voll zu tun, um sich und das blinde Mädchen zu ernähren. Niemand hatte jemals Mutter und Kind darauf aufmerksam gemacht, daß auch blinde Menschen etwas lernen können, um ein erfüllteres Leben zu finden. So war sie, obwohl schon fünfzig Jahre alt, in ihrer geistigen Entwicklung ein kleines Mädchen geblieben, das eine Puppe im Arm hielt. Sie wußte nichts von der Welt und kannte nur Trinken und Essen, Zubettgehen, wenn die Mutter sagte »Es ist Nacht«, und Aufstehen, wenn die Mutter sagte »Es ist Morgen«. Ihre einzige große Freude waren starke Gerüche. Deswegen schenkten ihr die aufmerksamen Nachbarn immer mal ein Fläschchen Parfüm, das sie reichlich gebrauchte.

Eine hochbetagte Frau, Mutter von neun Kindern, erzählte mir, daß sie in ihrem Leben nie aus Burgkhammer herausgekommen sei. Sie kannte weder Omnibus noch Bahn. Von dem Leben in der Kreisstadt Schleiz hatte sie nur erzählen hören. Als Kind arbeitete sie schon in der Fabrik, um ihren Teil zum Lebensunterhalt der Familie beizutragen. Als Ehefrau und Mutter blieb ihr keine Zeit zum Verschnaufen. Neben der Tätigkeit im Betrieb und im Haushalt sammelte sie im Sommer im Burgkwald Beeren und Pilze, im Herbst und Winter das nötige Brennholz. Sie schleppte es auch auf dem Rücken nach Hause. Sie brauchte allerdings in ihrem Leben nie einen Arzt, hatte kaum persönlichen Besitz, wohl aber ein feines Sterbehemd und einen ersparten Betrag für ihre Trauerfeier, ». . . denn man will ja nicht wie ein Hund begraben werden.« Sie wollte auch ihren zahlreichen Kindern und Enkeln finanziell nicht zur Last fallen.

Ganz traurig war Frau R. dran. Sie hatte Jahrzehnte im Schloß die Fußböden gescheuert. Die Fußböden bestanden aus ungestrichenen Brettern, die möglichst nach dem Schrubben weiß aussehen sollten. So plagte sich die Frau und fror im Winter in den langen, zugigen Korridoren entsetzlich, die Hände im kalten Scheuerwasser. Sie bekam die Gicht. Die Gelenke wurden steif. Die Sinnesorgane wurden angegriffen. Sie hörte schlecht, sie sah wenig, und sie hatte keinen Geschmack mehr. Ob sie eine Tasse Kaffee trank, einen Löffel Suppe aß oder ein Stückchen Schokolade kostete, es war alles gleich. Darunter hatte sie besonders gelitten. Ich habe sie oft besucht. Es war schwer, die rechten Worte zu finden. Genauso war es bei einer jungen Mutter, die sehr unter dem Tod ihres vierjährigen Jungen litt. Vormittags war es gewesen, im Winter. Die Nachbarin war krank. Die junge Frau ging zu ihr. Der Junge blieb in der Küche und schaute zum Fenster hinaus. Unten war eine Schneeballschlacht im Gange. Die großen Jungen warfen auch einen Ball zum Küchenfenster hinauf. Der Kleine öffnete das Fenster und wollte den hübschen weißen Ball haschen. Er griff daneben, beugte sich zu weit hinaus und fiel hinunter, gar nicht tief. Aber er schlug so unglücklich mit dem Kopf auf, daß er gleich ins Krankenhaus gebracht werden mußte. Dort starb er, ohne je das Bewußtsein wiedererlangt zu haben. Die Mutter nannte mir seinen Taufspruch: »Denn er hat seinen Engeln befohlen, daß sie dich behüten auf allen deinen Wegen.« Psalm 91, Vers 11. Das war die Verheißung über seinem Leben. Und die Mutter hatte es doch nur gut gemeint, als sie zur kranken Nachbarin ging und ihren Kleinen in der Küche für einen Augenblick zurückließ. Wie kann Gott so etwas zulassen? Die Frage ist berechtigt. Man soll es niemandem übelnehmen, der in großem Leid so fragt. Aber wir können es nicht beantworten. Wir können nur dem Trauernden beistehen, ihn nicht allein lassen.

Seit dieser Zeit hatten wir jeden Donnerstag in den Häusern reihum eine Zusammenkunft mit Bibel, Gebet, Vorlesen und Gespräch. Das war schön, besonders in der Adventszeit, wenn ich im Rucksack Transparente und Kerzen mitbrachte. Sie konnten sich so freuen, die Leute in Burgkhammer.

Keiner will der erste sein

Jedesmal wenn die Einwohner von Burgkhammer im Konsum einkaufen, Post erledigen oder ein Bierchen trinken wollten, mußten sie hinauf nach Burgk.

Wenn aber einer starb, dann ging's gar bis nach Möschlitz: aus dem Ort heraus, an der Saale ein Stück entlang, über die Eisbrücke und den steilen Eisberg hinauf bis zum Chausseehaus. Dort war Halbzeit. Der weitere Weg führte über die Höhen, war nicht weniger lang, aber nicht so beschwerlich. Alles in allem, ein tüchtiges Stück Weg, vor allem dann, wenn es um eine »schwere Leich« ging, oder wenn Frost und Schnee ein sicheres Auftreten hinderten und man ins Rutschen kam. Aber im Sommer wiederum konnte man in den schwarzen Anzügen auf dem langen Weg ordentlich ins Schwitzen geraten. Und dann darf nicht vergessen werden, daß die Gräber auch gepflegt, bepflanzt, gegossen werden mußten. Da ging viel Zeit drauf, bis man die weite Entfernung überwunden hatte.

Wer das alles recht bedenkt, wird mit in den Ruf einstimmen: »Ein Friedhof muß her. Auch wir in Burgkhammer brauchen einen Friedhof.« Da sind alle einer Meinung. Der Bürgermeister sagt: Wir stellen das Land zur Verfügung. Der Museumsdirektor sagt: Wir helfen euch bei der Ausgestaltung, denn es soll ein schöner Friedhof sein. Der Pfarrer sagt: Ich will euch den Friedhof weihen, es soll eine ergreifende Feier werden.

Bald ist im Tal, in der sogenannten Lehmgrube, ein

wunderschönes Stückchen Erde gefunden. Da gibt es Mischwald, Wiesen, und vom Morgengrauen bis zur Abenddämmerung den schönsten Vogelgesang. Auch die praktischen Fragen sind beantwortet: Das Erdreich ist locker und wird den Spaten beim Schaufeln des Grabes nicht sonderlich hindern. Vor allem aber ist Wasser in der Nähe. Da können die Blümchen reichlich gegossen werden. Die guten Waldfrauen, die im staatlichen Forstwirtschaftsbetrieb tätig sind, setzen in freiwilliger Arbeit einen lebenden Zaun aus Hainbuche. Dazu kommen aber noch ein richtiger fester Holzzaun und eine zweiflügelige Friedhofstür, schön anzusehen. Alles ist fertig, alles ist schön. Nun fehlt bloß noch der erste Gast oder der erste Bewohner oder die erste Leich.

Wer wird es sein? Franz wird es sein. Er ist der Älteste im Dorf und prophezeit täglich sein nahendes Ende, dies allerdings schon seit längerer Zeit. Franz also schaut sich den neuen Friedhof ganz genau an. Lange steht er und macht sich seine Gedanken dazu. Aber er sagt nichts. Vor allem, Franz läßt sich Zeit mit dem Sterben, auch wenn er der Älteste ist. Zweimal muß das Gras auf dem Friedhof noch zu Heu gemacht und die Hecke verschnitten werden. Dann ist es soweit. Franz fühlt nun endgültig sein Ende nahen. Kind und Kindeskinder sind um sein Lager versammelt. Sie lauschen auf sein letztes Wort, auf sein Vermächtnis. Mühsam und leise, aber für jeden gut verständlich, haucht er: »Hier will ich nicht begraben sein, ich hab' Angst, daß mich die Wildsau wieder ausgräbt, schafft mich in Gottes Namen nach Möschlitz!«

Den letzten Wunsch eines Sterbenden muß man achten. Also werden zwei starke Pferde bestellt und ein Wagen. Ohne Aufenthalt geht's vom Trauerhaus den beschriebenen langen Weg hinauf den Berg bis zum Chausseehaus. Das ist eine dreiviertel Stunde. Eine Pause tut jedermann gut, am meisten aber den Männern im Trauergefolge. Sie stecken sich in aller Ruhe und mit Genuß ihre zweite Zigarre an, auf Franzens Kosten, so ist es Brauch. Dann geht es weiter, noch einmal eine dreiviertel Stunde. Drei Stunden also hin und zurück, nun gut, Franz wollte es so haben.

Jetzt ist Anna an der Reihe. Auch sie ist in hohem

Alter des Lebens überdrüssig. Aber bei dem Gedanken, als erste und so ganz allein auf dem neuen Friedhof zu ruhen, da macht sie ein ängstliches Gesicht. Mit Franz zusammen, ja das konnte sie sich vorstellen. Seinerzeit war er nämlich ein schmucker Bursch. Aber so ganz allein? Doch Anna will es mit niemandem verderben. So sagt sie nicht ja, nicht nein. Auch Anna läßt sich noch zwei Sommer und zwei Winter mit dem Sterben Zeit. Dann fühlt auch sie ihr Ende nahen. Kind und Kindeskinder hat sie nicht. Die Gemeindeschwester steht ihr in ihrer letzten Stunde bei. Sie bezeugt dann auch Annas letzten Wunsch: »Eine Bitte hab' ich noch, grabt mir mein Grab in Möschlitz. Hier fürchte ich mich so alleine auf dem großen Friedhof.«

Also kommen zwei Pferde, ein Wagen, ein Trauerzug, drei Stunden hin und zurück, die Anna wollte es so.

Nun ist aber nach vier Jahren die Geduld der Friedhofsgründer zu Ende! Der Bürgermeister wird recht laut: »Ich verstärke den Zaun so, daß ihn auch ein ausgewachsener Hirsch nicht überspringen kann, geschweige denn eine Wildsau.« Der Museumsdirektor verspricht: »Aus unserem Magazin stelle ich zwei kleine steinerne Engelchen zur Verfügung, die stellen wir auf die Säulen in der Eingangspforte, da braucht sich niemand mehr allein zu fühlen.« Der Pfarrer tröstet: »Der Friedhof wird noch einmal geweiht, diesmal hole ich meinen katholischen Amtsbruder, der macht's noch mal so feierlich.« Da kann der Erfolg nicht ausbleiben.

Jetzt ist Richard an der Reihe. Mit seiner Frau sucht er sich ein schönes Doppelgrab aus. Er hat ja den ganzen Friedhof zur Auswahl. Er geht hin, er geht her, er prüft, er entscheidet: Da, wo die Himmelsschlüssel am dichtesten stehen und eine Birke leicht im Winde rauscht, da soll es sein. Nachmittags kommt er noch mal, um zu sehen, ob das zukünftige Grab auch Nachmittagssonne hat. Jawohl, das ist auch der Fall. Es wird hell und warm sein. An diesem Ort und nirgends anders wollen sie bestattet sein, der Richard und seine Frau. So wird's abgemacht.

Da geschieht etwas Unvorhergesehenes, ein ausgesprochenes Mißgeschick. Im dichten dunklen Burgkwald findet man einen, dessen Tod sich niemand erklären kann. Nach den langen und gründlichen Untersuchungen der Umstände ergeht die behördliche Anweisung: Der Tote ist auf dem der Unglücksstelle nächstgelegenen Friedhof zu beerdigen. Das Unglück will es, daß dieser nächstgelegene Friedhof der neue Friedhof in Burgkhammer ist.

Richard ist außer sich, Richard ist empört: »Was, ich soll mich neben einen Fremden legen, neben einen, den ich überhaupt nicht kenne, kommt gar nicht in Frage.« Das hat ihn mächtig aufgeregt. In drei Tagen ist er tot. Also: Zwei Pferde, ein Wagen, ein Trauergefolge, drei Stunden hin und zurück, Richard wollte es so.

Und wie geht es nun weiter mit dem schönen Waldfriedhof in Burgkhammer an der Saale? Sehen Sie selber nach! Dieser Friedhof, die wunderschöne Umgebung und das Schloß auf dem Berg sind eine Reise wert.

Der schwarze Hahn

Den ganzen Winter über kamen wir täglich zu Schuberts auf ihren alten Bauernhof. Wir kamen nicht allein. Im halben Dorf war das Wasserleitungsnetz eingefroren. Schuberts aber hatten einen Tiefbrunnen.

Sie waren alt geworden, hatten keine eigenen Kinder und lebten sparsam und bescheiden. Im Haus gab es eine gute Stube. Sie war sehr schön eingerichtet mit Plüschsofa, Sesseln, Standuhr und vielen Bildern aus Schuberts Vergangenheit: die Eltern, ein Hochzeitskonterfei, Urkunden und Bibelsprüche. Nicht zu übersehen war ein großer grüner Kachelofen. Er konnte sich allerdings nicht mehr erinnern, wann er das letzte Mal geheizt worden war. Das war doch, als der Opa starb, gleich nach Kriegsende 1945. Und das ist schon lange, lange her. So war und blieb die gute Stube, wie so oft in früheren Zeiten, eine »kalte Pracht«, in der sich der Weihnachtsbaum bis Ostern hielt.

Es gab im Haus noch andere Zimmer, groß, geräumig und ordentlich ausgestattet. Am kleinsten war die Küche. Und sie wurde noch einmal um die Hälfte kleiner, weil in ihr ein großer Backofen und ein gemauerter Herd standen. Letzterer wiederum konnte sich nicht erinnern, wann er einmal ohne Feuer gewesen wäre. Im Unterschied zum Kachelofen war er ein »Dauerbrenner«. Sommers wie winters blieb auf ihm die Blechkanne mit dem Malzkaffee schön warm, denn auch bei großer Hitze soll man nichts Kaltes trinken! Es war also ein warmer Herd und ein großer Herd. An seiner linken Seite stand eine einfache Holzbank und an seiner rechten Seite auch. Dort lagen zum Feierabend oder am Sonntagnachmittag Mann und Frau. Sie lagen dort auf dem blanken Holz, ohne Kissen oder Decke. Zwei gute alte Leutchen, die auch noch andere altmodische Angewohnheiten hatten. So waren sie immer bemüht, etwas zu verschenken, um Freude zu bereiten, und hielten das, was sie versprachen!

Wenn wir Wasser aus dem Brunnen im Keller geschöpft hatten, erfreuten wir uns, besonders unsere Kinder, an einem stolzen schwarzen Hahn, der mit glänzendem Gefieder seine Hennen durch den weißen Schnee führte. Meine Frau sagte anerkennend: »Ein schöner Hahn!« Herr Schubert hörte das. Mit Begeisterung rief er aus: »Sie sollen den Hahn haben.« Dies konnten wir aus vielen Gründen nicht so ernst nehmen. Was soll zum Beispiel ein Hahn ohne Hühner! Und Hühner hatten wir nicht, nicht mal einen Hühnerstall oder eine einfache Hühnerstange, nichts dergleichen. So war die Sache bald vergessen. Und dies um so eher, weil der Schnee taute und der Frost aus dem Boden wich. Die Luft roch lieblich nach Frühling, das Wasser floß wieder im eigenen Haus.

Da schellt eines Tages die Türglocke, laut und gebieterisch. Wir stürzen die Treppe hinunter, die Kinder zuerst, meine Frau danach, ich hinterher. Wer steht unten? Herr Schubert steht unten. Er sagt nichts, aber er hält den rechten Arm weit von sich gestreckt. Und am Ende des Armes, von der rechten Hand und an einem roten Beinchen festgehalten, hängt der schwarze Hahn.

Traurig ist er anzusehen. Die Flügel nach unten fallend, ohne Kraft und Leben, verdecken sie den einst so schönen, roten, stolzen Kamm. Jetzt wird es aber Zeit, die erste Überraschung zu überwinden und sich zu freuen, sonst wäre der gute Herr Schubert sehr unglücklich. Er hat sich ja von seinem Hahn getrennt, ihm sogar den Todesstoß versetzt. Und alles nur, um uns eine Freude zu bereiten und sein Versprechen zu halten.

Allerlei Taufen

Meine erste Taufe war eine Nottaufe, eine Jähtaufe, wie es im kirchlichen Sprachgebrauch heißt, eine plötzlich verlangte Taufe ohne Paten im Haus bei Lebensgefahr des kleinen Täuflings. Im Morgengrauen holte mich der besorgte Vater ins Nachbardorf zu seinem kranken Kind. Es war ein Tag im Oktober mit dem ersten empfindlichen Nachtfrost. Ich saß frierend hinten auf dem Motorrad. Nicht nur die Kälte ließ mich frieren. Mir war auch sonst frostig zumute. Ich war gerade ins Dorf gekommen. Vor vier Wochen war ich noch Student im Examen. Wie sollte ich es anfangen? Viel Theorie hatte ich gelernt, von der Praxis aber hatte ich vorläufig wenig Ahnung. Eine Taufe hatte ich noch nie gehalten. Aber mein erster Eindruck war gut. Die Stube, in der sich der Täufling befand, war warm, sehr warm. Für mich gerade recht, für den Kleinen vielleicht zum Schaden. Er lag am Ofen, obendrein noch dick eingepackt und atmete schwer, er hatte hohes Fieber. Soviel hatte ich von meiner Braut, die Krankenschwester war, schon gelernt: Wer Fieber hat, darf nur leicht zugedeckt werden. Nach der traurigen Taufe, das Kind ließ immer wieder entkräftet sein Köpfchen hängen, und einem wirklich inbrünstigen Gebet, die Taufe möchte ihm nicht nur zum ewigen, sondern auch zum irdischen Leben gereichen und verhelfen, wagte ich den Eltern dies zu sagen. Sie hörten es mit Bedenken an, denn seit Generationen wurden die Kranken »warm gehalten«, man

hatte es immer so gemacht. Aber sie waren doch einsichtig.

Recht betrübt ging ich von dannen: die erste Taufe in meinem Leben – an einem sterbenden Kind! Es ist nicht gestorben. Mit den Eltern verband mich seither eine feste Freundschaft, begründet im gemeinsamen Gebet. Und im Dorf hatte ich gleich einen guten Stand, beinah als »Wundertäter«, ganz ohne Verdienst und Absicht. Aber ein bißchen »Aberglauben« steckt ja immer noch in den Herzen der »Oberländer«. Wenn er auch nicht mehr so weit geht, wie es mein Vorvorgänger leider erleben mußte. Er überraschte den Küster, wie er das Taufwasser auf Flaschen zog, um es im Dorf und darüber hinaus als »wundertätiges Heilwasser« gegen allerlei Gebrechen feilzubieten.

Sparsam waren die Leute! Bei den Kindern wurde alles auf Zuwachs gekauft. So kam es bei einer Taufe zu einem recht eigenartigen Vorfall. Der muntere Täufling strampelte und strampelte, und plötzlich hatte ich einen kleinen weißen Lederschuh vor der Nase. Ein Schuh auf Zuwachs kann natürlich nicht richtig sitzen. Ebenso aufgelockert ging es zu, als ein schon älterer Täufling, so um die zwei Jahre herum, sich nach langem Kampf vom Schoß der Mutter befreite und in die Kirche entwich. »Laßt ihn laufen«, sagte ich, »in der Kirche kann nichts passieren, hier gibt es weder Tischdecken zum Herunterziehen, noch Schränke zum Öffnen«. Während der kleine Täufling die ungewohnte Umgebung in Augenschein nahm, hatten wir gute Ruhe zur biblischen Besinnung.

Einmal gab es eine Taufe mitten im kalten Winter. Die Kirche wurde von den Angehörigen auf ihre Kosten tüchtig geheizt. Die Heißluft strömte durch ein großes Gitter im Fußboden aus den unterirdischen Schächten ins Innere der Kirche. Dieses Bodengitter befand sich unmittelbar neben dem Taufstein. Daran hätte ich denken sollen, denn als ich mich zur »heiligen Handlung« anschickte, wurde es mir plötzlich schwarz vor den Augen. Dies rührte aber nicht von einer Bewußtseinstrübung infolge großer Hitze her, sondern von meinem eigenen schwarzen Talar, den die heißen Aufwinde in die Höhe trieben, bis über meinen Kopf hinaus. Was tun? Wir konnten weder das Feuer so schnell löschen, noch den schweren Taufstein verrükken. Also trugen wir vereint den Teppich herbei, um das hitzespeiende Loch abzudecken. Nun konnte die Taufe stattfinden. Trotzdem mußten wir uns beeilen, denn der Teppich wurde recht heiß und begann auch schon zu riechen, um nicht zu sagen zu stinken.

Zur Taufe gehören die Paten. Sie wurden reichlich benannt, denn man hatte meistens eine große Verwandtschaft zu bedenken. Um einer zu großen Zahl zu wehren, waren die ersten drei Paten »frei«, für jeden weiteren mußte etwas in die Kirchenkasse gezahlt werden. Das hinderte im vorigen Jahrhundert einen Schloßhauptmann in Burgk nicht daran, für sein erstgeborenes Töchterlein 32 Paten einschreiben zu lassen, wie man heute noch im Kirchenbuch nachlesen kann.

Nach der Geburt des Kindes und den »Wochen«, also noch vor der Taufe, erschien der stolze Vater, um seine Frau für kommenden Sonntag »zum ersten fröhlichen Kirchgang« anzumelden. Erst wenn sie diesen Gottesdienst besucht hatte, reihte sie sich wieder ein in den normalen Alltagsbetrieb. Diese Sitte hat ihren Ursprung im Alten Testament, und auch die Mutter Maria unterwarf sich ihr, »als die Tage ihrer Reinigung nach dem Gesetz des Mose um waren« und sie mit dem kleinen Jesuskind zum Tempel kam. Joseph trug in der Hand zwei Turteltauben als Opfer. Auch unsere glücklichen jungen Familien spendeten zum ersten fröhlichen Kirchgang reichlich. Dabei ging es nicht nur um das Geld, sondern auch um einen sichtbaren Ausdruck ihres Dankes und ihrer Freude über ein gesundes Kind.

Verbotene Spiele

Die Kirche ist umgeben vom alten Friedhof, und der Friedhof ist umgrenzt von einer schönen Bruchsteinmauer. Auf dem Friedhof gibt es wie überall neben den bunten Blumen auch recht häßliches Unkraut und hohes Gras, neben frischen Gebinden recht unansehnliche alte Kränze, die verschämt in einer Ecke die Zeiten überdauern. Es gibt herrliche und auch praktische Vasen auf dem Friedhof, leider gibt es aber auch viele schmutzige Einweckgläser, die, oft halb zerbrochen, hinter den Grabsteinen liegen. Die Sträucher wuchern über das erträgliche Maß hinaus. Vergessen wollen wir auch nicht einige Grabstätten, die nicht mehr gepflegt werden; auch wenn auf ihnen noch gut zu lesen ist »Unvergessen«. So ist der Friedhof wahrlich keine Augenweide. So geht das nicht weiter, wir müssen einmal gründlich aufräumen! Der Friedhof gehört uns allen. Also werden wir alle mithelfen.

Ein Tag Ende Juni, nach dem Heu, vor dem Getreide, ist günstig, da kann jeder abkommen. Es ist tüchtig heiß, aber die große Kirche wirft Schatten, zumindest immer in eine Richtung. Es wimmelt wie auf einem Ameisenhaufen. Die Männer haben ihre liebe Not mit den großen Steinen verfallener Gräber. Zur Hilfe rollt die Technik der LPG an: eine Zugmaschine, ein Hänger, ein Greifer. Die Frauen werken mit Sense, Sichel, Gartenschere und Hacke, außerdem haben sie sich viel zu erzählen, wie immer. Ihre Kinder sind hinter den

Gräbern, vor den Gräbern, im Gebüsch. Sie nutzen die Gunst der Stunde, um ein neues Abenteuergebiet zu erschließen, das ihnen sonst nur in Begleitung Erwachsener und an der Hand der Mutter zu betreten gestattet ist. Und dies nur zum Zweck der »stillen Andacht« und keineswegs zum Spiel, wie es die Friedhofsordnung am Eingang schwarz auf weiß befiehlt. Aber heute muß man eine Ausnahme machen, denn wenn die Mütter hier arbeiten, kann man die Kinder nicht unbeaufsichtigt zu Hause lassen. Hier hat man sie um sich und kann auf sie »ein Auge werfen«. So hüpfen sie in ihren Badehosen durch die Grabreihen, befühlen einen richtigen kleinen Marmorengel auf einem Kindergrab, überlegen, was wohl in solch einer steinernen Vase, Urne, sein könnte, und üben ihre Lesekünste im Entziffern der Inschriften.

Es ist ein schöner Tag. Die Arbeit geht voran. Alle freuen sich, wie schön ihr Friedhof wieder werden wird. Die Kinder haben ihren Riesenspaß. Zu dem allen paßt er nicht: der laute Schmerzensschrei; weder zur Freude der Kinder, noch zum Fleiß der Eltern, noch zum blauen Himmel. Er kommt vollkommen unerwartet. Er lähmt die Gedanken und Herzen. Aber der Schrei wiederholt sich. Es ist etwas passiert, etwas Schlimmes. Die Kinder haben an einem Grabstein gespielt, der Grabstein stand nicht fest und ist umgefallen, und ein Junge liegt nun darunter. Man möchte sich am liebsten die Augen zuhalten und sich einreden, es wäre alles nur ein Traum und keine Wirklichkeit. Warum haben wir auch die Kinder mitgebracht. Jeder weiß doch, wie gefährlich das ist.

Die am nächsten stehen, sehen, daß der Grabstein nur auf dem rechten Bein des Kindes liegt. Die weiter Entfernten hören, das Kind läge halb unter dem Stein. Die hinter der Kirche arbeiten, sind überzeugt, daß das Kind ganz und gar unter der Platte liegt. Dementsprechend groß ist die Aufregung, das Durcheinander von Meinungen, Ratschlägen und Wehklagen. Beherzte Männer befreien den Unglücklichen vom schweren Stein; andere rufen vom Gasthof aus den Krankentransport in der Stadt an.

Der zehnjährige Martin aber liegt im Gras, um ihn herum seine Eltern, Geschwister, Freunde, Nachbarn, das ganze Dorf, und niemand weiß, welcher Art seine Verletzungen sind, leicht, schwer oder gar lebensbedrohlich. Schrecklich ist es, so dastehen zu müssen, ohne helfen zu können. Da kommt jemand auf den Gedanken, Martin könnte frieren, er ist ja nur mit einer Turnhose bekleidet. Dies löst eine Woge der Hilfsbereitschaft aus. Kopftücher, Hemden, Jacken, ja beinahe jede Art von Textilien wird dem Jungen als weiches Lager vorsichtig untergeschoben, zur Seite gelegt, er wird damit zugedeckt. Diese liebevolle Betreuung treibt ihm in Kürze den Schweiß auf die Stirn. Da erscheinen die Männer in »Weiß«. Bereitwillig wird ihnen Platz gemacht. Sie schauen ernst und besorgt. Sie haben schon manchem Verunglückten geholfen, aber ein Kind, das verletzt ist und leidet, das ist eine Sache für sich.

Behutsam beginnen sie, Martin auszupacken. Es ist ganz still geworden. Alle schauen auf die Männer und warten auf ihr Urteil, sie sind Fachleute. Wird es eine tröstliche oder eine schmerzliche Entdeckung sein? Die Männer spüren diese Spannung und wissen, es kommt jetzt auf das richtige Wort an, um die Eltern und die anderen zu beruhigen. So sagt der eine, nachdem Martin ausgewickelt ist und sie sich ihn angeschaut haben: »Och, der is doch ganz nackicht!« Dieser Satz verbreitet sich wie ein Lauffeuer bis in die letzte Reihe. Er wirkt wie das erste Fleckchen blauen Himmels nach einem schweren Gewitter. Wenn die so reden und einen Spaß machen, kann es nicht ganz so schlimm sein. Und so ist es auch. Zweimal ist der Unterschenkel gebrochen, und ein riesengroßer Bluterguß färbt den Oberschenkel schon jetzt blauschwarz. Niemand wagt zu denken, was hätte passieren können, wenn nicht nur das Bein, das auch noch Raum fand im weichen Gras, sondern der ganze Martin unter den schweren Stein gekommen wäre.

Das kurz genossene Spiel auf dem interessanten, aber gefährlichen Friedhofsgelände ist vorbei, Mütter und Väter werden dafür sorgen. Und nebenbei gesagt, dem jetzt recht gepflegten Friedhof ist es nicht zum Schaden, wenn man an der Hand der Eltern nur die Wege benutzen darf; zum Haschen und Verstecken ist er nicht geeignet. Dies ist auch ganz im Sinne der Friedhofsordnung, die neu geschrieben und noch ein Stückchen größer als früher an der Eingangstür hängt.

Eine Nacht im August

Ungewohnt ist so eine Nacht unter freiem Himmel. Wer arbeitet und Familie hat, ist abends müde, legt sich zu Bett und schläft. Aber das ist es ja gerade. Wenn jeder schläft, was kann da alles passieren, besonders zur Erntezeit auf dem Dorf. Das Getreide, reif und trocken, noch auf dem Halm oder schon gemäht oder etwa gar schon in der Scheune, wie leicht kann es sich entzünden, wie schnell steht alles in Flammen.

Jeder männliche Einwohner im Dorf hat im Sommer Flurwache zu leisten; die einen vor, die anderen nach Mitternacht. Fünf Minuten Fußmarsch vom Dorf entfernt auf einem kleinen Hügel, da stehe ich. Am Tag hat man von hier einen wunderbaren Weitblick ins Dorf hinunter, auf die Felder ringsum, die Wälder und Höhen dahinter bis zur Bergkirche in Schleiz. Jetzt haben die Augen Pause, denn es ist dunkel. Ja, man ahnt nur Umrisse. Dafür arbeitet verstärkt das Gehör. Kilometerweit hört man einen Hund bellen, ein Fahrzeug brummen, die Schläge der Kirchturmuhren aus vier Ortschaften. Erschreckend laut ist ein dumpfes Geräusch in der stillen Nacht, das unregelmäßig wiederkehrt. Hab acht, Front gemacht, wo sitzt der Feind? Es sind überreife Sommeräpfel, die sich vom Baume lösen und ins Gras plumpsen. Neben dem Gehör arbeitet der Geruchssinn. Es riecht nach Korn, würzig und herb. Es ist ein Geruch der Freude, der Hoffnung. Wo Korn ist, da ist Brot; wo Brot ist, da ist Leben. Auch der

Tastsinn arbeitet. Mit den Füßen erfühlt man den Weg, den man nicht sieht. Die Haut erspürt die nächtliche Luftbewegung. Bald weht es warm her von den im Sonnenschein des Tages erhitzten Feldern, bald kriecht es kühl und feucht herauf vom Tal, vom Bach.

Und noch etwas kommt, ein Mensch, ein Mann, ein Mann in Uniform, unser Abschnittsbevollmächtigter. Er fragt: »Ist hier ein PKW vorbeigefahren?« Einen Augenblick denke ich nach, dann weiß ich, die Frage ist ein Vorwand. Den guten Mann bewegen ganz andere Gedanken, etwa so: Mit der zweiten Wache ist heute der Pfarrer dran, mußt doch mal sehen, ob der den Absprung aus dem Bett geschafft hat und wirklich auf Posten ist. Er ist es. Also gibt es noch ein freundliches Gespräch. Zum Abschluß bedankt sich der ABV für die gute Pflege, die unsere Gemeindeschwester seiner Frau angedeihen läßt. Unsere Schwester ist eine Diakonisse, arbeitet im kirchlichen Auftrag und wohnt im Pfarrhaus.

Später bin ich auch im Dorf, an der Brücke. Hinter mir die Häuser, vor mir die Wiesen im Tal. Hier gibt es Unterhaltung, der Bach rauscht, plätschert, erzählt. Es ist zwischen zwei und drei Uhr. Die Zeit schleicht dahin. Ich beschließe, sie zu nutzen. Die »stille« Zeit, die Gebetszeit morgen früh, werde ich verschlafen. Was hindert mich daran, jetzt meine Hände zu falten in Fürbitte für die Gemeinde. So habe ich es gelernt, Haus für Haus, Familie für Familie vor Gott zu nennen. Man kennt sie ja alle und weiß um ihre Freuden und Ängste. Oft suche ich Gelegenheit, mich um diese Gebetsarbeit zu drücken, doch sie ist wichtig. So freue ich mich jetzt: Wenn der Tag beginnt, werde ich schon eine tägliche Arbeit erledigt haben.

Ich gehe zurück ins Dorf. Die Bauern verrichten, besonders in der Erntezeit, schwere körperliche Arbeit. Entsprechend tief ist ihr Schlaf. Sie leben am Tag in der frischen Luft, und sie möchten diese auch in der Nacht nicht missen. So sind die Schlafstubenfenster weit geöffnet. Durch sie dringt ungehindert ein starkes Geräusch bis auf die dunkle Dorfstraße. Eine ganze Gemeinde vereint sich in einem gewaltigen Schnarchkonzert, unbeabsichtigt und ohne Dirigenten. Es klappt trotzdem ganz wunderbar, alle Tonarten sind vertreten, hoch und tief, grob und zart, bunt und vielstimmig wie das Leben. Und jeder einzelne Schnarcher hat seine Stimmlage, die unverwechselbar seiner natürlichen Stimme entspricht. Auch wenn ich gar nicht wüßte, wo ich gerade bin, an der Schnarchstimme würde ich jeden einzelnen erkennen: Das ist Schuster Richard! Das ist Meiers Emma und so weiter. Von dieser Seite kenne ich die Gemeinde noch gar nicht. Am Sonntag schläft zwar der eine oder andere mal kurz im Gottesdienst ein, aber zum Schnarchen kommt es nie, da kriegen er oder sie vorher einen gelinden Stoß von rechts oder links, der den Kopf ruckartig nach oben schnellen und die Augen sich öffnen läßt. Nun habe ich sie alle gehört, wie sie schnarchen, aber die Nacht ist noch nicht herum, und es wird obendrein recht frisch.

Für die Schlafenden möchte ich wünschen, daß sie noch recht lange währt. Ich selber aber sehne mich nach dem ersten Hahnenschrei, der den heraufziehenden Morgen ankündigt.

Unsere Dorflinde

Unsere Linde auf dem Dorfplatz mitten im Ort war das Symbol des lebenspendenden Baumes durch die vier Jahreszeiten. Im Winter: Sammelpunkt der Vögel aller Art, die von hier aus die Futterstellen im ganzen Dorf erkundeten und besuchten; gesättigt kamen sie zurück und ließen sich von den Ästen der Linde schaukeln und wiegen. Im Frühling: erstes lichtes Grün voller Hoffnung, Anflugziel und Schlafbaum der zurückkehrenden Stare; und im Morgengrauen und in der Abenddämmerung Standort der schluchzenden Amsel. Im Sommer: betörender Duft der ungezählten gelben Lindenblüten; in warmen Nächten zog's wie süße Schwaden durch das Dorf. Tagsüber waren alt und jung mit Hilfe großer Treppenleitern damit beschäftigt, möglichst viele dieser heilkräftigen Blüten zum Tee zu pflücken. Es gab genug davon. Die Linde hatte gewaltige Ausmaße, denn im Herbst bot sie einer Dreschmaschine und drei vollbeladenen Erntewagen unter ihrem Blätterdach verläßlichen Schutz. Niemand im Dorf konnte sich den Platz ohne Linde vorstellen; und niemand hatte dies ja auch je gesehen, denn als selbst die Ältesten im Ort kleine Kinder waren, gab es die Linde schon, groß und mächtig; so alt war sie, sehr alt, aber trotzdem frisch und saftig in allen ihren Zweigen.

In diesem ungeheuren Blätterdach verfing sich im August 1958 um 20 Uhr ein Sturm, eine Windhose, ein Gewitterorkan. Vorher war es zeitig dunkel, sehr dunkel geworden. Auf Land und Leuten lastete eine drückende Schwüle. Kein Lüftchen regte sich. Still war es und heiß. Urplötzlich schoß der erste Windstoß mit Geknall und Gepolter mit tausend Pferdestärken heran, über Feld und Flur und Wald. Er schob alles beiseite, was Widerstand leistete. Die vielhundertjährige Linde neigte sich, stürzte krachend und rauschend zu Boden und blieb liegen, Platz und Straße sperrend. Ein Ereignis, das man so schnell, wie es passiert war, nicht begreifen konnte. Die Folgen, die schlimmen Folgen dieser schweren Sturmnacht, wurden erst bei Sonnenaufgang des kommenden Tages in ihrem ganzen Ausmaß sichtbar, denn die Nacht über gab es keinen Strom, und die Wege waren unpassierbar. Auch die Linden auf dem Friedhof hatte der Sturm gefällt. Sie hatten im Fallen Grabsteine umgeworfen und einen Teil der Friedhofsmauer mitsamt dem Tor zerstört. Alles lag durcheinander, drüber und drunter. Die Wucht des Windes hatte das Turmfenster zerbrochen, der Orkan fuhr auf den Kirchboden und deckte von unter her, von innen heraus, das Dach ab. Die Schiefer lagen weit verstreut. Das alles waren schwere Schäden, die sich aber doch in absehbarer Zeit reparieren ließen. Jahrzehnte aber würde es dauern, bis der vernichtete Wald nachgewachsen war. Der Sturm hatte eine kilometerbreite Schneise durch den Burgkwald gehauen; alle Fichten in zwei Meter Höhe einfach abgeknickt, abgebrochen wie Streichhölzer. Da gab es traurige, besorgte Gesichter und viel, viel Arbeit.

Alle legten Hand an, um die Schäden zu beseitigen und aufzuräumen. Auch der Friedhof wurde unter großer

Beteiligung in Ordnung gebracht. Zwei Rentner, beide Ende siebzig, begannen damit, die zerstörte Bruchsteinmauer neu aufzusetzen. Das konnte nicht jeder, sie aber waren Fachleute, Maurer der alten Zeit, die dieser Anforderung gewachsen waren.

Ohne Hast und mit Überlegung gingen sie zu Werke, wählten die in ihrer Größe unterschiedlichen, oft sehr schweren Steine und fügten sie zu einer formschönen neuen Trockenmauer. Dabei gab es Gespräche. Karl erzählte aus der Zeit vor dem ersten Weltkrieg. Schwer war es da, eine gute Arbeit zu finden. Im Oberland gab es für sie gar nichts zu tun. Sie mußten in die größeren Städte ziehen, nach Plauen oder Leipzig, fünfzig und mehr Kilometer vom Heimatort entfernt. Einen »Arbeiterbus« gab es damals natürlich nicht, auch die Bahnfahrt war zu teuer. Zu Fuß marschierten sie am Sonntagabend los, die ganze Nacht hindurch, um am Montagfrüh auf der Baustelle zu sein. Das Handwerkszeug wurde nicht, wie heute, vom Betrieb gestellt, jeder mußte seine Werkzeuge selbst anschaffen und mitbringen. Auf der Baustelle gab es keine Möglichkeit, Maurerkelle, Hammer, Wasserwaage und dergleichen einzuschließen. So schleppten sie die schwere Last am Freitagabend wieder mit nach Hause. Sonnabend und Sonntag war das Feld zu bestellen und zu bearbeiten, Gras zu mähen, Heu zu machen, die Sense mußte gedengelt werden, die Geräte waren auszubessern. Am Sonntagabend liefen sie wieder zurück, in die Nacht hinein, nach Plauen. Schlimm wurde es im Winter, da gab es gar keine Arbeit. So mußte mit den Ersparnissen sorgfältig umgegangen werden. Es reichte gerade, aber wehe, wenn jemand krank wurde oder sich ein Unglücksfall ereignete. Trotz dieser harten Arbeitsjahrzehnte ist Karl rüstig geblieben und kräftig; man muß staunen, wie er die schweren Feldsteine wuchtet, mit fast achtzig Jahren!

Auch Adolf hat viel zu erzählen. Wie die meisten Jungen und Mädchen in früheren Zeiten mußte er bereits als Schulkind dazuverdienen. Er diente beim unverheirateten Pfarrer als »Hausmädchen«. Er besorgte die Wege in Schleiz, wischte Kammern, Stuben und Flure, leerte die Aschenbecher, fütterte den Hund, bekam manche Ohrfeige und holte jeden Mittag im Gasthof das Essen für den Pfarrer, für sich und den Hund. Der Gastwirt, sparsam im Umgang mit Satzzeichen, schrieb zum Monatsende die Rechnung: »Mittagessen im Juli für Pfarrer Adolf Hund«. Später zerbrach man sich über diese Rechnung die Köpfe. Hatte es jemals in Möschlitz einen Pfarrer mit Namen Adolf Hund gegeben? Ja, wer sollte denn das nur sein? Die Frage ließ sich leicht durch die beiden Dinge, die in der Rechnung fehlten, nämlich das Komma und das Wörtchen »und« erklären: »Mittagessen im Juli für Pfarrer, Adolf und Hund.«

Inzwischen ist die Mauer fertig. Und statt Linden haben wir Pappeln gepflanzt. Sie sind nicht so romantisch, aber sie haben tieferes Wurzelwerk und weniger Blätter, sind also bei einem hoffentlich nicht wieder so stark auftretenden Sturm besser gewappnet.

Kein Platz für Rosel?

Seit Jahr und Tag hat Rosel in der Kirche ihren Stammplatz. Das kann sie sich leisten, denn sie ist eine laute Sängerin. Sie gibt eine gute Gabe, und nicht nur am Ausgang auf den Teller, wo es sowieso alle sehen, daß sie eine fleißige Spenderin ist, nein, auch in den Klingelbeutel befördert sie ihr Scherflein so geschickt, daß dem Klingelbeutelmann der Wert der Gabe auf keinen Fall entgehen kann. Man soll sich seiner Taten nicht rühmen, aber man soll sein Licht auch nicht unter den Scheffel stellen! Außerdem ist Rosel eine regelmäßige Kirchgängerin. Da möchte sie schon das doppelte Recht genießen, nämlich einen Stammplatz zu haben und diesen zu behalten und ihn notfalls auch zu verteidigen. Niemand im Dorf würde ihr übrigens dieses Recht streitig machen.

Der Stammplatz ist sorgfältig ausgewählt. Es ist sozusagen ein Rundumblickplatz; Rosel sieht, was vor ihr passiert, was sich schräg seitlich begibt, was sich hinter ihr tut, und jeden, der zur Kirchentür hereintritt, den hat sie voll im Visier, besonders die Nachzügler. Es ist Rosel möglich, die Orgelempore einzusehen, der Organist fühlt ihren Blick im Rücken. Die Hühner aber, die im Friedhof nichtsahnend auf dem Grab ihrer seligen Eltern sonntags Würmer scharrten, spürten diesen Blick nicht. Sie waren nicht wenig erstaunt, als Rosel aus der Kirche gestürmt kam und sie um ein Haar an den Schwanzfedern erwischt hätte.

Ja, von diesem Platz aus kann man sogar die Gräber der Lieben auf dem Friedhof überwachen. Und ein letzter Vorzug: In den kühlen Monaten, wenn die Kirche noch nicht geheizt ist, trifft der wärmende Sonnenstrahl direkt auf Rosel. Zu der Zeit ist dies so etwas wie ein Labsal. Die anderen sitzen im Schatten. Das ist eben der Vorzug eines gut gewählten Stammplatzes. Allerdings muß beachtet werden, daß man jedesmal zentimetergenau auf derselben Stelle sitzt. Darin ist Rosel Meisterin. Sie findet die ihre im Schlaf.

Aber heute ist der Platz schon besetzt, als sie kommt. Der Platz, ihr Platz, ist besetzt. Die Gemeinde hält den Atem an. Ja, wenn's noch einer der Ihren wäre, einer vom Dorf. Aber nein, es ist ein feiner Stadtmensch, ein Fremder, ein Hergelaufener. Rosel hat sich schnell gefaßt. Sie sagt sich: Rosel, keine Aufregung, du bist schon mit anderen Sachen fertiggeworden. Aber jetzt geht es nicht nur um deinen Platz, sondern dein Ansehen in der Gemeinde steht auf dem Spiel. Rosel, laß dir was einfallen! Strategie und Taktik sind schnell entworfen und werden in die Tat umgesetzt. Haarscharf, auf Tuchfühlung, setzt sie sich neben den feinen Stadtmenschen. Dann ruht sie ein wenig. So ein Pech, jetzt fällt ihr – wie zufällig – die Brille aus der Hand und liegt unten. Rosel bückt sich nach links hinunter. Da sie eine stattliche Frau ist, drückt sie sich dabei etwas nach rechts. Diese Bewegung wirkt wie ein Hebel. Und nachdem sie sich zweimal gebückt hat, denn beim ersten Mal erwischte sie die Brille nicht, sind schon einige Zentimeter gewonnen. Den Stadtmenschen hat es einfach zur Seite geschoben. Da müssen noch mehr Dinge zu Boden. Jetzt ist das Gesangbuch an der Reihe. Der Hebel wirkt. Es ist eine neue Standortbereinigung erfolgt. Und so geht es weiter. Zentimeter um Zentimeter wird ohne ein böses Wort zurückerobert, einfach so, ganz zufällig. Da springt der Stadtmensch auf, kriecht unter die Bank, gibt das Verlorene der Besitzerin zurück und nützt die Gelegenheit, um sich ans äußerste Ende der Reihe zu setzen. Rosel holt tief Luft. Das wäre geschafft. Nun kann sie mit ihren Beobachtungen beginnen, freilich, heute muß sie sich beeilen, wertvolle Zeit ist verlorengegangen, denn der Kantor stimmt schon das erste Lied an.

Und wer war der feine Stadtmensch? Mein Vater war es, der uns besuchte. Er hat mir lachend nach dem Gottesdienst jede Einzelheit der »Vertreibung« geschildert.

»Lebensbrot«

Es gab auch Nachtdienst. Mancher, der schwer krank war oder im Sterben lag, sehnte sich nach der stärkenden und tröstenden Gegenwart seines Heilandes unter Brot und Wein. Er ließ den Pfarrer rufen, auch in der Nacht, vielleicht war es am nächsten Morgen schon zu spät.

So mußte der Pfarrer geweckt werden. Eine Hausklingel gab es nicht. Aber jeder im Dorf und ums Dorf herum wußte, daß im Hof des Pfarrhauses ein kleiner Schuppen stand, der mit einem Wellblechdach abgedeckt war. Wer nun zu später Stunde etwas vom Pfarrer wollte, der klopfte tüchtig aufs Blech, so lange, bis im Schlafzimmer das Licht eingeschaltet wurde. Einmal waren wir nachts ins Nachbardorf gerufen worden. Dort lag ein Bauer, Besitzer von Wiese, Wald und Feld und eines großen Stalles voller Tiere. Ein Leben lang hatte er fleißig seine Hände gerührt, um das tägliche Brot zu schaffen. Nun ließ ihn eine schwere Krankheit verhungern. Seit Wochen konnte er keinen Bissen mehr essen, mit Mühe einen Schluck Wasser zu sich nehmen. Sein einziges Labsal bestand noch darin, ihm die Lippen zu feuchten. Er fühlte sein Ende nahen und hatte den Wunsch, noch einmal in diesem Leben Gast zu sein am Tisch des Herrn. Als ich ihm Brot und Wein reichte und sah, wie er sich einerseits mühte, das Wenige hinunterzuschlucken und wie andererseits eine friedliche Ruhe sein hageres Gesicht schön werden ließ, dachte ich an das Bibelwort: »Der Mensch lebt nicht vom Brot allein, sondern von einem jeglichen Wort, das durch den Mund Gottes geht." Wie gut, daß es neben dem irdischen Brot die »andere Speise« gibt. Im Dienst am Sterbenden wird die verwandelnde Kraft des Evangeliums in wunderbarer Weise sichtbar und stärkt beide, den, der Abschied nimmt, und den, der bleibt. Es sind gesegnete Stunden in der Verbundenheit des Glaubens, die aber auch Raum lassen für das alltäglich Menschliche.

Einem uralten Mann, der schon jahrelang allein in seinem kleinen Häuschen lebte, mußte ich nach dem Dienst an Wort und Sakrament seine Pfeife stopfen, anzünden und in den Mund schieben. Nach einigen Zügen verschied er verklärten Angesichts; im Einklang mit Himmel und Erde.

Viele lagen tagsüber in ihren Schlafstuben ganz allein, da die Angehörigen die drängende Feldarbeit nicht vernachlässigen konnten. So durfte man ihnen neben dem geistlichen Dienst auch andere kleine Handreichungen leisten, das Kissen aufschütteln, die aufdringlichen Fliegen verscheuchen, die Stube lüften oder im Herbst, wenn es kühler wurde, eine Kohle nachlegen.

Einige Jahre besuchte ich eine hochbetagte Frau. Als ihre letzte Stunde gekommen war, wurde sie unruhig und wollte mir etwas sagen oder geben. Ich wußte nicht so recht, um was es ging, vielleicht eine große Lebensbeichte oder dergleichen Feierliches. Es war aber etwas ganz anderes. Mit schwacher Hand griff sie in die Tiefen ihres riesigen Bauernbettes und förderte eine hartgeräucherte Wurst, faltig und trocken, zutage. Sie wußte um das Evangeliumswort: »Ein Arbeiter ist seines Lohnes wert«, – sie wollte nicht als Schuldnerin aus diesem Leben gehen. Sie trug noch den alten Stolz kleiner Leute an sich, die sich nichts schenken lassen. Auch waren diese in den Stürmen des Lebens ergrauten Landleute in jeder Weise auf ihren Tod vorbereitet, selbst in solch einer Nebensächlichkeit. Neben aller anderen geistlichen und irdischen Vorbereitung auf den Tod hatte sie vom letzten Schlachtfest eine Wurst zurückbehalten und diese an etwas seltsamer Stätte aufbewahrt, um den Dienst an ihrem Sterbebett noch ordnungsgemäß vergelten zu können. Solch eine realistische und freimütige Stellung zum Tod entspringt und entspricht der Heiligen Schrift, die bei ihnen nicht nur auf dem Tisch des Hauses lag, sondern auch fleißig und täglich gelesen und bedacht wurde.

Auch andere, die nicht in akuter Lebensgefahr waren, hatten den Wunsch, teilzuhaben am Altarsakrament, an der lebendigen und sichtbaren Gemeinschaft mit Jesus Christus und seiner Kirche. Das mit den Worten »für dich« dargebotene Sakrament ist die notwendige Ergänzung zu allem einsamen Beten und Hören im stillen Kämmerlein. Hier bin ich hineingenommen in die Gemeinde, auch wenn es mir durch eine Behinderung oder das Alter unmöglich ist, selber in die Gemeinde oder zum Altar zu kommen.

Besonders zur Osterzeit und in den Wochen vor und nach dem Ewigkeitssonntag hielten wir in etlichen Häusern dieses Hausabendmahl, an dem auch meist die Angehörigen mit teilnahmen. Überall fand man eine blütenweiße Decke auf dem Tisch oder dem Nachttisch, um Kreuz, Kerzen und Abendmahlsgeräte würdig aufbauen zu können. Blumen, oder ein Strauß Fichtengrün, fehlten nie. Wer noch aufstehen konnte, hatte sein bestes Kleid oder den schwarzen Anzug angelegt. Wer im Bett liegen mußte, war gekämmt oder rasiert, das Bett frisch bezogen.

Noch vor dem Frühgottesdienst am ersten Advent erwarteten mich jedes Jahr vier alte Damen, die alle das Haus nicht mehr verlassen konnten; sie waren festlich gekleidet. Die größte von ihren Stuben war schon geheizt. Durch ein Fenster schaute man hinunter auf die weite Wasserfläche der Saaletalsperre, rechts und links von aufsteigenden, bewaldeten Höhen begrenzt. Langsam dämmerte es. Die Fichten hoben sich scharf ab gegen den heller werdenden Himmel; jeder einzelne Zweig wurde sichtbar. Das Wasser, zuerst noch schwarz und unbeweglich, wurde von einer Morgenbrise gekräuselt und bekam Farbe, bis es zu leuchten und zu glänzen begann als Spiegelbild des goldenen Dezemberhimmels, kalt, aber durchsichtig bis in weite Fernen. Ein offener Himmel. Die Kerzen neben dem Kreuz, die adventlichen Lieder und die starken Worte der Schrift, der Blick in diesen neuen Tag, das alles war gut, schön und tröstlich, voller Hoffnung auch für diese hochbetagten und behinderten Gemeindeglieder. »... und ich werde bleiben im Hause des Herrn immerdar.«

Dreiundsechzig Martinsgänse

Mit den Gänsen ist das so: Um die achte Stunde in der Früh verlassen die ersten den Stall im letzten Gehöft am Rande des Dorfes. Sie drehen die Hälse, halten die Köpfe mal schief und mal gerade, säubern sich von den letzten Halmen des warmen Strohlagers und wittern die frische Spätherbstluft. Dann setzen sie sich in Bewegung, nicht übereilt, sondern gewichtigen Schrittes. Beim Nachbarhof ist Stillstand; es beginnt ein großes, ein gewaltiges Geschnatter. Wer Ohren hat zu hören, der hört: »Wir holen euch ab, wir holen euch ab, kommt mit, kommt mit!« Lang dauert es nicht, da kommen die Gerufenen durch die angelehnte Hoftür. Sie sind putzmunter und schnattern und schnattern. Gemeinsam geht es zum Hof Nummer drei, dann zum vierten und immer weiter, immer weiter, die lange Dorfstraße entlang, von Gehöft zu Gehöft. Das alles hat seine Richtigkeit und hängt mit den »Tugenden« der Gänse zusammen, die von alters her bekannt sind und vom Pfarrer Junghans 1644 in einer lustigen Weihnachtspredigt zur Erbauung seiner Gemeinde so umschrieben wurden: »Unter den Tugenden steht die Geselligkeit an erster Stelle. Gänse halten zusammen und lieben die Gesellschaft. An zweiter Stelle die Reinlichkeit: Eine Gans ist gern an reinen Orten und badet sich oft im Wasser.« In Sachen dieser »Tugenden« sind auch unsere schnatternden Gänse unterwegs; ihr gemeinsames Ziel ist der lustig plätschernde Bach unterhalb des Dorfes mit dem alten Namen »Wisenta«;

die Neumodischen können sich darunter nichts mehr vorstellen und nennen ihn einfach »Wiesental«. Dort werden die Gänse wieder einen herrlichen Tag haben bei Bad und Geschnatter, dazwischen ein kleines Schläfchen, Kopf unter dem Flügel und auf einem Bein.

Aber jetzt, gegen neun Uhr, watschelt die gewaltig angewachsene Gänseschar durch die engste Stelle des Dorfes, die Straße am Konsum. Wehe dem Auto, und wäre es selbst ein ausgewachsener Omnibus, das zu dieser Zeit um die Ecke kommt! Da gibt es nichts anderes als anhalten, den Rückwärtsgang einlegen und ausweichen; sonst geht's an Reifen und Ventile! Scharfe und starke Gänseschnäbel leisten Beachtliches.

Dort beim Konsum wohne ich auch, in einem großen Pfarrhaus, als Vikar noch ganz allein. Still ist es und einsam in den vielen leeren Zimmern, und das besonders am Morgen, wenn man ein bißchen Ansprache und Aufmunterung braucht. So warte ich geradezu auf den täglichen Vorbeimarsch der Gänse. Seit vier Wochen bin ich hier, und jeden Morgen stürze ich zum Fenster, wenn es in der Ferne anfängt zu schnattern. Die Gänse kommen; die hungrigsten ganz vorn, die satten und schweren schnaufend am Ende. Geräuschvolle Bewegung ist auf der Dorfstraße: ein Zappeln und Watscheln, ein Drehen und Wenden, ein Schnattern und Zischen – eine ungeheure Lebendigkeit ... Oh, das hätte ich jetzt nicht sagen dürfen, denn am zweiten Tag meiner fünften Woche am Ort, im November um Martini herum – sie wissen schon, wie es weitergeht, ich aber als Stadtmensch wußte noch gar nichts – blieb es still, ein trüber, trauriger, dunkler Tag war das. Ich schaute auf die Uhr, zuerst auf die am Arm, dann hinauf zur Kirchturmuhr. Es war Zeit. Sie mußten also jeden Augenblick kommen. Wo blieben sie nur, die schönen weißen Gänse, die muntere Schar? Sollten sie sich verspätet haben? Das würde gar nicht zu ihrer Tugend, der Wachsamkeit, passen: Gänse schlafen wenig und wachen schnell, beim kleinsten Geräusch, auf. Verschlafen kam also nicht in Frage, zumal der »Hofwecker«, der Hahn, gleich nebenan im Stall wohnt. Am zweiten Tag der fünften Woche also schwanken viel später als üblich mit schlappem Gang und traurig schnatternd ganze sieben Gänse, ein

Zehntel der Dorfgänsebesatzung, von Hof zu Hof. Nach alter Gewohnheit bleiben sie vor jedem Gehöft stehen; sie schnattern leise, sie schnattern laut, sie recken die Hälse und verstehen die Welt nicht mehr, warum hört niemand, wenn sie herzerweichend rufen: »Wir holen euch ab, kommt mit.« Die Hoftür ist angelehnt, wie immer, sie knarrt leise im Novemberwind. Aber es kommt keine Gans aus dem Hof, keine einzige. Vorbei ist's mit ihrer ungeheuren Lebendigkeit. Schön aufgereiht liegen sie in den Kammern und Kellern der Bauernhöfe, gerupft und ausgenommen. Nur sieben sind übriggeblieben. Sie sind noch einmal mit dem Leben davongekommen. Darüber scheinen sie im Augenblick gar nicht froh zu sein. Nachdenklich watscheln sie zum Bach, eine kleine Gesellschaft nur, heute wird es wenig zu schnattern geben. Ich muß gestehen, daß ich mich trotz meines aufrichtigen Mitgefühls am ersten und am zweiten Weihnachtsfeiertag jeweils in eine andere Familie recht gern zu Gänsebraten und Grünen Klößen einladen ließ. Von dem herrlichen warmen Federbett, von der freundlichen Nachbarsfamilie gespendet, gar nicht zu reden. Wie hätte ich sonst den ersten Winter überstehen sollen.

Noch eine Gänsegeschichte

Im Nachbardorf gab es natürlich auch Gänse. Und es gab auch eine Kirche, uralt, mit einem steilen Dach, auf dem ein spitzer Dachreiter saß, der wiederum ein kleines Glöckchen trug mit der Jahreszahl 1473! So alt die Kirche war, so klein war sie auch. So winzig klein, daß nicht mal eine Sakristei in ihr Platz hatte. Aber was hat das nun mit den Gänsen zu tun? Also der Reihe nach:

Gänse können freundlich, sie können aber auch unfreundlich, ja beinahe böse sein. Unbefugte auf dem Bauernhofe werden von ihnen sehr schnell und unmißverständlich in die Enge getrieben. Sie senken Kopf und Hals und beginnen zu zischen, daß einem die Knie schlottern; richtig erbärmlich fühlt man sich da. Sie gebrauchen Schnabel und Watscheln und kennen keinerlei gegenseitige Rücksichtnahme. Fremde, neue Gesichter lieben sie gar nicht, weder auf dem Hof noch auf der Dorfstraße. Ich war aber ein neues Gesicht, war noch ein Fremder und hatte noch etwas ganz Ärgerliches an mir! Da die kleine Kirche keine Sakristei hatte, legt der Pfarrer den Talar im Dorf im Hause eines Kirchenältesten an, um dann in voller Amtstracht zur Kirche zu wandeln. Es ist nur ein kleines Stück Weg. Aber auch da kann Gefahr lauern! Kommt da nicht so eine Gans, ein Ganter, ein Gänsevieh, mitten auf der Straße, direkt auf mich zu. Na und! Am besten, man geht langsamer. Vielleicht dreht der weiße Vogel ab, verschwindet, gibt den Weg frei. Nichts dergleichen. Im Gegenteil, er senkt den Kopf und schielt böse von unten nach oben. Sein gefährlicher Blick aus kleinen Gänseaugen ist so zu deuten: Was will denn dieses schwarze Ungetüm mit dem noch schwärzeren Ding auf dem Kopf in meinem Dorf, auf meiner Straße, vor meinem Hof, hinweg mit ihm. Der Angriff wird vorbereitet. Verzweifelt schaue ich mich um, ob nicht irgendwo eine Bäuerin oder ein Bauer kommen und mir helfen. Sie können mit einer Gans umgehen, ich kann es nicht. Das Zischen nimmt zu. Die Gans läßt die Flügel schleifen, ein Zeichen höchster Gefahr. Jetzt wird es ernst. Oh, es läutet. Himmelsbotschaft, gerade zur rechten Zeit! Die Gans hält inne, dreht den Kopf und lauscht. Hoffnung erfüllt mich. Vielleicht ist es eine religiöse Gans, die sich durch den mahnenden Glockenton von ihren bösen Absichten abbringen läßt. Vielleicht kommen jetzt auch Leute zu Hilfe, Gottesdienstbesucher; auf dem Land geht man erst dann zu Hause los, wenn es läutet. Sie kommen, aber sie kommen leider zu spät. Das Lauschen der Gans war nur eine List, eine Ruhe vor dem Sturm. Sie greift an. Sie schlägt ihren frechen Schnabel in die äußersten Enden meines Talars. Da es hier um Kircheneigentum geht, habe ich die Pflicht, dasselbe zu retten, also zu fliehen. Dies kommt meinen innersten Regungen sehr entgegen. Die Straße ist bevölkert, der Pfarrer ist auf der Flucht, das Gänsevieh hinterdrein! Die Leute vergessen zu grüßen, sie bleiben einfach stehen und schauen, sie trinken das Geschaute in vollen Zügen. So was sieht man nicht alle Tage. Da rennt ihr neuer Pfarrer mit wehendem Talar und hält das Barett fest; die Beffchen stehen wie Segel im Wind. Vor allem aber, so fragen sich die Leute, wo will er denn hin? Dort ist keine Kirche, wo er hinläuft, dort hört das Dorf auf. Und eigentlich brauchen wir ihn doch jetzt zum Gottesdienst. Die Gans, listig wie sie ist, macht noch mal viel Lärm und Wind, um richtig Angst zu erzeugen. Dreimal schlägt sie gewaltig mit den Flügeln, um dann im nächsten Hof zu verschwinden, mit stolzem Gang und nicht, ohne ein paar Blicke zurück zu tun.

Später erfuhr ich, daß ich dem Gänsevater, dem Dorfgänsevater, begegnet war, und zu spät kam mir die Einsicht, daß ich mich auch ihm hätte vorstellen müssen, als einer angesehenen Persönlichkeit am Ort. Das ließ sich nachholen. Wir gingen jetzt immer zu zweit, der Kirchenälteste und ich.

Krügers Karl ist gestorben

Wir haben Besuch aus der Stadt. Der heranwachsende Patensohn ist angereist. Er erfüllt das Haus mit Leben. Jetzt steht er am Fenster und schaut; nachdenklich, ohne sich zu bewegen.

Auf der Dorfstraße ist für ihn Ungewöhnliches zu sehen. In einem langen Trauerzug wird ein Sarg vorbeigetragen. An der Spitze geht ein Schuljunge in seinem Alter. Wie eine Fahne trägt er ein geschnitztes Vortragekreuz. Ihm folgen andere Schulkinder. Er sieht, daß sie singen. Hören kann er es nicht, denn die Glocken läuten ohne Pause. Hinter den Kindern und dem Pfarrer trägt man den Sarg. Sechs Männer halten auf ihren Schultern die Bahre, und auf dieser steht der Sarg. Er ist mit einem Lederriemen befestigt. Viele Kränze schmücken ihn. Hinter dem Sarg gehen die Leidtragenden und viele, viele Menschen. Sie sind alle feierlich schwarz gekleidet. Es dauert lange, bis sie alle vorbeigezogen sind. Das Milchauto wartet, und der Fahrer ist ausgestiegen. Er hat die Mütze abgenommen, als der Sarg vorbeigetragen wird. Der Linienbus wartet auch. Die Leute im Trauerzug beeilen sich nicht. Ganz langsam gehen sie. Das alles sieht mein Patensohn, und er fragt: Wer ist gestorben?

Heute wird Krügers Karl beerdigt, ein alter Bauer. Vor drei Tagen ist er gestorben. Vorher hat ihm der Pfarrer das heilige Abendmahl gespendet, und die Gemeindeschwester hat mit den Angehörigen bei ihm gewacht. Nach seinem Tod hat seine Frau im Sterbezimmer die Fenster geöffnet, sie hat die Uhr angehalten und den Spiegel verhängt. Das ist alter Brauch. Mit der Gemeindeschwester hat sie ihren verstorbenen Mann noch einmal gründlich gewaschen; ein Nachbar hat ihn rasiert, und dann haben sie ihm seinen guten Anzug und seine guten Schuhe angezogen. Fast alle Leute hier im Dorf haben schon frühzeitig die Sachen bestimmt und bereitgelegt, die sie gern im Sarg tragen möchten. Den Sarg baut der Dorftischler, und er legt auch den Toten hinein.

Krügers haben nur einen kleinen Bauernhof und ein kleines Haus. Deswegen konnten sie den Vater nicht in einer Stube aufbahren, wie es sonst üblich ist. Sie haben die Werkstatt ausgeräumt, die Wände mit frischem Fichtenreisig behängt und viele Blumen hineingestellt. Dort stand der Sarg zwei Tage und drei Nächte im starken, würzigen Duft von Wald und Wiese, die der Verstorbene sehr geliebt hat. Die Töchter und Söhne von auswärts sind gekommen und haben den Vater in diesem Raum aufgesucht. Sie haben gedacht, es ist schön, daß wir unseren Vater noch für kurze Zeit in unserer Mitte haben, ehe er uns und das Haus für immer verlassen muß. Wir wollen uns langsam voneinander lösen, wenn es schon sein muß. Wenn man so lange zusammen gewesen ist, dann braucht auch der Abschied seine Zeit.

All die Leute, die auf der Straße vorbeigezogen sind, haben vorhin Krügers Karl in seinem Haus abgeholt. Am offenen Sarg haben sie gesungen, und der Pfarrer hat die Aussegnung gehalten. Dann hat der Tischler den

Sarg mit dem Deckel verschlossen und zugenagelt. Alle haben zugeschaut und gespürt: Diesen Menschen, der so lange unter uns war, einmalig von Angesicht, Gestalt und Wesen, eben Krügers Karl, werden wir in dieser Welt nie wiedersehen.

Auf der Schwelle des Hoftores, über die der Verstorbene so oft gegangen ist, wurde der Sarg dreimal abgesetzt und wieder aufgehoben: Im Namen des Vaters, des Sohnes und des Heiligen Geistes. Jetzt begleitet ihn die Gemeinde zu seinem letzten Kirchgang. Zu seinem ersten Kirchgang wurde er auch zum Gotteshaus getragen; das taten seine Eltern und Paten zur Taufe. Damals konnte er noch nicht selbst sprechen. Die Taufgemeinde hat für ihn das Bekenntnis gesprochen und gebetet. Dann tat er es ein Leben lang selbst. Nun ist er verstummt. Deswegen tritt wieder die Gemeinde stellvertretend für ihn ein in Gebet und Bekenntnis. Sie übergibt den Verstorbenen in die Hände Gottes. So ist es bei allen, die in unserem Dorf sterben; ob sie reich oder arm sind, viele oder wenige oder gar keine Angehörigen haben, die Gemeinde begleitet jeden mit Lied und Gebet. Sie läßt ihn nicht allein. Und jeder, der mittrauert, weiß, ich werde im Tod auch nicht allein sein.

Krügers Karl hat sich schon vor Jahren sein Grab ausgesucht und gekauft. Es ist ganz nah an der Kirche. Er und viele andere finden einen großen Trost darin, daß sie in ihrem Todesschlaf in der Nähe der feiernden, betenden und singenden Gemeinde sind. So sind auch viele darüber traurig, daß der Friedhof um die Kirche herum zugunsten eines anderen vor dem Dorf eines Tages geschlossen werden muß.

Solch eine Beerdigung dauert bis zu zwei Stunden, besonders dann, wenn der Sarg noch zu diesem neuen Friedhof vor dem Dorf getragen werden muß. Danach sind die Leidtragenden und ihre Gäste meist erschöpft und im Winter auch ganz durchgefroren. So freuen sich alle nach der Trauerfeier auf eine Tasse heißen Kaffee und ein Stück Kuchen. Beides wird im Trauerhaus angeboten, jedem, der kommt. Alle sind eingeladen. Auch dabei sieht man darauf, daß im Tod alle gleich sind. Ob bei großen oder kleinen Leuten, der Kuchen zur Bewirtung nach der Beerdigung wird in allen Häusern nach demselben Rezept mit ganz einfachen Zutaten gebacken, so daß es für keinen zu teuer wird.

Das alles hört sich mein Patensohn aufmerksam an und sagt mit einem Seufzer, oh, wenn ich einmal sterben werde, dann würde ich viel lieber hier bei euch auf dem Land als in unserer Stadt sterben. Später einmal werde ich es ihm erklären, daß gute Sitten und Gebräuche starke Stützen sind für den Sterbenden und die Trauernden, daß aber der größte Trost in der Gewißheit liegt, in Gottes Händen geborgen zu sein, wo man auch ist. Schön, wenn man sagen kann, wie es uns der Sohn Gottes selber lehrt: Vater, in Deine Hände befehle ich meinen Geist.

Der Nikolaus in der Badewanne

Die Kinder fragen: »Lichteln wir heute wieder?« »Aber freilich«, sagt die Mutter, »und weil heute der Nikolaustag ist, zünden wir unsere Kerzen nicht erst zum Abendbrot an, sondern schon vorher, wenn der Thomas gebadet wird.« Der Thomas, das ist das Baby.

Die Küche im alten Pfarrhaus ist ein bißchen verbaut; sie ist lang und schmal wie ein Korridor, aber trotzdem gemütlich. Vorn ist die Tür zum Hausflur, daneben steht der warme Herd. Vor ihm ruht auf zwei Hockern die Kinderbadewanne. Dann kommt das Sofa. Darauf sitzen die Kinder. Vor ihnen auf dem Tisch duftet der Adventskranz; seine grünen Zweige haben sie mit dem Vater kurz vor dem Schnee im Wald geholt, und die Mutter hat sie gebunden. Er ist ganz frisch. Leider brennt erst ein Licht. Es ist noch weit bis zum Weihnachtsfest, zum Heiligen Abend. Die Pyramide dreht sich eifrig auf dem Küchenschrank, und eine Kerze erleuchtet ein Transparent, auf dem schon die Heilige Familie zu sehen ist. Kann es überhaupt noch gemütlicher sein? Beim Kerzengeflacker stellen sich so viele weihnachtliche Freuden und Erwartungen ein.

Bei der Mutter vorn in der Küche und dem Baby in der Wanne ist es ein bißchen dunkel. Aber die Frau kennt ihre Griffe, und Thomas patscht mit seinen Händen tüchtig ins warme Wasser. Plötzlich pocht es gewaltig an die Tür. Was ist das? Die Kinder sind

57

richtig erschrocken. Die Mutter aber weiß Bescheid. Es sind die Jungen aus dem Dorf. Heute sind sie allerdings keine Schulbuben, sondern lauter gewichtige »Nikoläuse«. Im Unterschied zum richtigen Bischof Nikolaus kommen sie mit einem leeren Sack, denn sie bringen nichts, vielmehr möchten sie etwas haben. Gern gibt ihnen jeder etwas ab von den frischgebackenen Weihnachtsplätzchen, den Pfefferkuchen und anderen süßen Dingen. Dafür halten sie recht ernste Reden mit tief verstellter Stimme, fragen nach den »Sünden der Kinder« und nehmen das Gelöbnis baldiger Besserung wohlwollend zur Kenntnis. So ist es hier alter Brauch.

Es pocht also gewaltig an der Tür. Die Mutter ruft: »Herein!« Und da kommen sie. Als erster der schönste Nikolaus mit einer richtigen Maske, auf die eine große rote Nase und schwarze, buschige Augenbrauen gemalt sind; am Kinn hängt ein lockerer, schneeweißer Bart. Die große Mütze darf natürlich nicht fehlen. Es ist eine schöne Maske und ganz neu, wie man sieht. Bloß hat solch eine Larve den Nachteil, daß man die Welt nur durch recht kleine Schlitze sehen kann, was zwangsläufig dazu führt, daß man manches übersieht. Mußte die Badewanne auch ausgerechnet gleich bei der Tür stehen? Außerdem boten die Kerzen an Kranz, Pyramide und Transparent zwar eine weihnachtliche Atmosphäre, zur Beleuchtung der Küche trugen sie aber nur wenig bei. Die anderen Nikoläuse drängten ebenfalls durch die Tür, sie wollten schließlich auch noch in die Küche, und schoben den Obernikolaus unaufhaltsam direkt in die Badewanne. Da lag er nun mit den Ellenbogen im warmen Wasser, und die schöne Maske schwamm obenauf und drehte sich lustig.

Schluß mit den »Lichteln«, jetzt mußte das große, das elektrische Licht eingeschaltet werden. Im Schein der hellen Küchenlampe sah alles nur halb so schlimm aus. Was naß war, ließ sich wieder trocknen und glätten. Und es war tatsächlich eine ganz besondere Nikolausüberraschung.

Bald saßen alle Kinder und »Nikoläuse« am Tisch um den Plätzchenteller herum und langten tüchtig zu. Über ihnen hingen zum Trocknen am warmen Herd Babys Badetuch und das frisch gewaschene Nikolausgesicht. Der Bart war im Augenblick gar nicht so weiß und locker. Er sah mehr einem alten Eiszapfen ähnlich. Aber zum Glück, so dachten die Kinder, die nachdenklich zu ihm aufschauten, war es ja nur eine Maske und gar nicht der richtige Nikolaus.

Advent im Schloß

Jedes Jahr zum vierten Advent spielten die Möschlitzer Konfirmanden in der Schloßkapelle zu Burgk das Krippenspiel. 1962 war der Tag kalt, aber ohne Schnee. Frost hatte die Feldwege ausgetrocknet. Die Sonne verzog sich schon hinter dem Wald, als wir am Nachmittag zum Schloß wanderten. Unterwegs am Krähenhügel lagen rechts des Weges ein Reh und vier Hasen. Es war gerade Treibjagd. Die Jungen konnten nicht genug sehen, die Mädchen schauten weg und wünschten sich, daß möglichst viele Tiere entkommen können.

Im Schloß durften wir freundlicherweise die Werkstatt benutzen, um uns auf das Spiel vorzubereiten. Herr Harnisch hatte den großen, alten, eisernen Ofen geheizt, so daß er vor Hitze glühte. Auf den Werkbänken gab es viel Interessantes zu sehen: Säbel, Helme und Schilde, die geputzt oder repariert werden sollten. Aber wir mußten die Zeit nutzen, um die Kinder zu verkleiden. Bei den Jungen ging das schnell, die Mädchen aber wurden und wurden nicht fertig. Eine ganze Büchse voller Haarklemmen und Sicherheitsnadeln wurden verbraucht, ehe sich die Mädchen ansehenswert fanden. Wer fertig war, nutzte die Zeit auf seine Art und ging aufs alte Ritterclo. Weil es außen an der Burgwand hing, war es wunderbar romantisch. Durch das berühmte Loch schaute man tief hinunter auf Felsen und bereifte Baumwipfel.

Joseph entzündete die Kerze in seiner Laterne und

gab das Zeichen zum Aufbruch. Zusammen mit Maria eröffnete er den Zug. Ihnen folgte der Engel Gabriel. Als einziger der vielen Engel hatte er richtige Flügel, ein Drahtgestell mit weißem Stoff bespannt. Das Jahr über lag es im Pfarrhaus auf dem Boden. Dort wurden auch Kronen, Hirtenstöcke und anderes Zubehör aufbewahrt. Vor dem Unterricht schlichen sich die Kinder oft auf den Boden, um diese Kostbarkeiten zu besehen. Dabei rätselten sie, wer in diesem Jahr die Maria, den Joseph oder den Engel Gabriel spielen würde. Das waren von jedem begehrte Rollen. Freilich, wer sie übernahm, der mußte gut singen können. Lieder und Verse des Möschlitzer Krippenspiels waren nirgends aufgeschrieben. Mündlich wurden sie weitergegeben. Von klein auf kannten die Kinder Worte und Melodien, die sie jedes Jahr zum Christfest hörten.

Nun zogen wir also durch die langen Gänge des Schlosses. Auch die Engel hatten ihre Lichter entzündet. Wunderliche Schattenbilder an den Wänden begleiteten uns. In der Schloßkapelle warteten die Leute. Sie hörten den Gesang der Kinder langsam näher kommen, und das stimmte sie festlich. Die starke grüne Fichte aus dem Burgkwald erstrahlte im Lichterglanz. Alles leuchtete in dieser schönen, kostbaren Kapelle mit ihrer berühmten Silbermannorgel. Beim Einzug sollte sie voll erklingen, aber sie blieb stumm. Das war verwunderlich, etwas konnte nicht in Ordnung sein. Tatsächlich mühte sich der Organist beinah verzweifelt, die Tür hinter dem Altar zu öffnen, was ihm nicht gelang. Durch sie kam man über ein Treppchen zur Orgelbank. Die Tür aber war versehentlich zugeschlagen worden und konnte nur von innen geöffnet werden. Da war guter Rat teuer. Es gab nur eine Möglichkeit, die Tür zu öffnen. Jemand mußte von außen her zur Orgelempore hinaufklettern, um dann von innen die Klinke drücken zu können. Nun ist aber die Empore mit feinem Schnitzwerk reich verziert, davon darf nichts beschädigt werden. So wurde der kleinste und leichteste Junge ausgewählt, um dieses Kunstwerk zu vollbringen. Hilfsbereite Hände hoben ihn empor, bis er die Brüstung erreicht hatte. Gewandt und vorsichtig arbeitete er sich im Angesicht einer zahlreichen Gemeinde nach oben. Alle hielten den Atem an und wünschten glückliches Gelingen. Mit einem letzten kühnen Schwung verschwand der Junge, der sich später wieder in einen Hirten verwandeln würde, hinter der Empore. Im Krippenspiel hatte er nur eine kleine Rolle, die aus nicht mehr als drei Worten bestand: »Seht, ein Licht!« Aber nun war er der Held des Tages, was ihm auch jeder gönnte, da er Mut und Geschicklichkeit bewiesen hatte.

Auf dem Nachhauseweg war es kalt und finster. Vielleicht brachten die dunklen Wolken, die aufgezogen waren, den langersehnten Schnee. Wir gingen nicht den Feldweg zurück, sondern benutzten die sichere Straße. Hier wohnte auf halber Strecke die »Frieda vom Chausseehaus«. Sie war allen gut bekannt, denn sie kam jede Woche nach Möschlitz, um im Konsum einzukaufen. Für den langen Weg benutzte sie ein altgedientes Fahrrad. Ihr ständiger Begleiter war ein lustiger Dackel, der an einem langen Strick mit dem Rad verbunden, neben ihr herlief. Während sie einkaufte, durften die Kinder mit ihm spielen. Nun wollten wir der Frieda zur Freude einige Weihnachtslieder singen.

Im Haus war es dunkel. Es gab auch kein elektrisches Licht. Vorsichtig, um die alleinstehende Frau nicht zu erschrecken, klopften wir an die Tür. Es dauerte lange, bis sich etwas regte. Wir hörten, wie Frieda im Flur vor lauter Verwunderung Selbstgespräche führte. Angst hatte sie nicht. Sie war das Alleinsein gewohnt. Im Schein einer flackernden Kerze geleitete sie uns in die warme Küche und bat uns, Platz zu nehmen. Gelegenheit war dazu auf dem Plüschsofa, zwei alten Korbstühlen, auch die Ofenbank lud zum Sitzen ein, und selbst auf der Holzkiste ließ es sich nach anstrengendem Marsch behaglich ruhen.

Über unseren Besuch und den Gesang freute sich Frieda so sehr, daß sie sogar ein wenig weinen mußte. Mit der Schürze wischte sie sich schnell einmal über die Augen und vergaß auch die Nase nicht.

Im Jahr darauf waren der Schnee so hoch und die Luft so eisig, daß wir den Weg zu Fuß nicht zurücklegen konnten. Ich war ratlos, da die Gemeinde eingeladen war und uns im Schloß erwartete. Unser Nachbar wußte Rat. Er holte die schwere Zugmaschine mit den Schneeketten aus der Garage und hängte den einachsigen Viehtransportwagen an. Die Plane kam darüber und zwei Bund Stroh auf die Bodenbretter. Dann ging's hinein: vierzehn Konfirmanden und ein Pfarrer – Klappe zu. Die Zugmaschine fuhr an, und sicher kamen wir ins Schloß. Kein Wunder, daß alle nachfolgenden Konfirmandengenerationen sich für den vierten Advent hohen Schnee und große Kälte wünschten, sie wollten schließlich auch einmal an solch interessanter Fahrt teilhaben. Außerdem wurde an diesem vierten Advent der Brauch ins Leben gerufen, die Konfirmanden nach dem Spiel ins Gasthaus Hoffmann in Burgk zu einer Tasse Kakao einzuladen.

Der Vierundzwanzigste

In der Weihnachtszeit ist der Herr uns sehr nahe; das singen wir in den Liedern, hören wir in den Lesungen und sprechen wir im Gebet. Der Heiland ist uns nahe. Aber ebenso nahe ist uns auch in dieser Zeit sein Widersacher, der Störenfried, der Durcheinanderbringer, der Teufel. Und ganz besonders zum Heiligen Abend liegt nicht nur eine »große Freude«, sondern auch ein großer Krach in der Luft. Beides ist möglich. Das weiß ich schon aus meinen Kindertagen. Da baut sich etwas auf: Unterschiedliche »Wetterfronten«. Die Eltern sind einfach »fertig«, gehetzt bis zur letzten Minute, belastet bis an die Grenzen ihrer Möglichkeiten. Sie sind »abgespannt«. Gegenteilig ist es bei ihren Kindern. Sie sind bis aufs höchste erregt und erfreuen sich bester Gesundheit; da die Ferien begonnen haben, liegen ihre Kraftreserven frei. Jede Stunde, die den Heiligen Abend näher heranbringt, steigert die Unruhe. Aus dieser Unruhe heraus entstehen die größten Dummheiten. Und wehe, wenn es zum Zusammenprall der beiden »Wetterfronten« kommt; dann zucken Blitze, dröhnen Donner, fließen Regenströme in Form von Tränen auf allen Seiten, und man hört nicht nur einmal laut oder leise schluchzen »... mir ist jetzt alle Freude verdorben«.

Wir haben erst zwei Kinder und beschließen, gewitzt aus alten Erfahrungen, am Heiligabend nach dem bewährten Rezept zu verfahren: teile und herrsche! In unserem Falle: das Mädchen zur Mutter, der Junge zum Vater. So kommen wir zu zweit in die Kirche, um die letzten Vorbereitungen für die Christvesper am Nachmittag zu treffen. Im Ofen wird tüchtig und heute einmal großzügig nachgelegt, die Lieder sind noch anzustecken, Hirtenstab, Laterne und Hocker sind fürs Krippenspiel bereitzustellen. Viele Handgriffe sind zu tun. Den schönsten hebe ich mir bis zum Schluß auf. Wir haben uns ein neues Transparent, ein sehr großes und sehr schönes Altartransparent, von Paula Jordan gestaltet, angeschafft. Heute soll es eingeweiht werden. Ich freue mich darauf. Jetzt nehme ich den Karton zur Hand und packe aus. Es sind drei Tafeln, die zusammengesteckt werden müssen. In der Kirche gibt es außer dem Altar keinen Tisch. Also lege ich sie vorsichtig auf den Fußboden. Die größte Tafel, das Mittelfeld, zeigt die Heilige Familie, ein Engel hält schützend die Hand über Maria, Joseph und das Kind. Auf den Seitentafeln: die Könige und die Hirten. Es sind kräftige Farben, wenige eindrückliche Striche: bis in die letzte Bankreihe wird man alles gut sehen können. Ich bin glücklich. Wo ist überhaupt mein Sohn? Ihm ist die Sache hier schon lange uninteressant geworden. Er spielt Auto und fährt durch die Kirchenbänke Slalom; hier rein, dort raus. Er brummt wie ein Auto, er hupt wie ein Auto, er bremst und gibt Gas... aus der Kurve heraus und direkt auf mich zu. Das geht alles sehr schnell. Vom Transparent auf dem Fußboden merkt er erst etwas, als er mit seinen kleinen Schuhen mittendrin steht. Er landet mitten in meinem schönen Transparent, dem neuen, auf das ich so stolz bin. Mittendrin. Ein harter, scharfer Klang, Risse, Fetzen..., mir tanzen Sterne vor den Augen, als hätte ich zwei Zentner aus dem Stand gehoben. Dann lasse ich einen furchtbaren Schrei los und verabreiche meinem verdutzten Sohn, der ja eigentlich ein Auto war, einen kräftigen Schlag. Stille, tiefe Stille. Mein Sohn verschwindet in der letzten Bankreihe. Er kommt gar nicht zum Weinen. Zweifach sitzt ihm der Schreck in den Gliedern. Einmal wegen des schönen Transparentes, das er ja gar nicht gesehen hat und um das es ihm leid tut, zum anderen wegen des Mannes, vor dem er sich jetzt fürchtet. So zornig, böse und unbeherrscht hat er seinen Vater bisher noch nicht erlebt.

Der Vater steht vor den »Trümmern« seiner großen Weihnachtsgemeindeüberraschung und ist vor allem voller Reue: sich so aufzuführen, am Weihnachtstag, vor dem Kreuz des Herrn, unter der Kanzel, von der er manch guten Rat erteilt, den er selber in keiner Weise für sich angenommen hat. Nach der Stille geht es ans Kleben. Der Sohn darf helfen, er stellt sich geschickt an. Von weitem wird man die Schäden nicht gleich erkennen. Vielleicht kann man sich für nächstes Jahr ein neues Transparent bestellen. Abgeklärt, natürlich noch ein bißchen benommen, kehren wir ins Pfarrhaus zurück. Wir reden mit der Mutter durch die verschlossene Tür. Sie ist im Weihnachtszimmer und baut die Gabentische auf. Oh, wie gern würde jetzt unser Junge durchs Schlüsselloch schauen, um etwas von den Geheimnissen zu erhaschen. Im Spaß drohe ich mit dem Finger: Wehe... Da bleibt mein Finger geradezu in der Luft stehen, ich erstarre. In der Küche ist ein furchtbarer Schlag zu hören und ein Geklirr, als wenn unsere ganze Einrichtung zu Bruch ginge. Unsere Tochter ... schnell! Vorläufig sehen wir nur einen Schrank, einen umgefallenen Schrank. Zu dritt heben wir ihn an. Zwischen lauter zerbrochenen Sammeltassen, Muttis ganzem Stolz, zerbrochenen Tellern und Kaffeekännchen, Eierwärmern und vielem anderen liegt unsere Tochter. Sie schaut uns an, stumm, mit großen, ängstlichen Augen. Sie wollte ja nur im Schrank, die Bretter wie eine Treppe benutzend, hochklettern, zum obersten Fach! Hab keine Angst! Wir haben heute schon unsere Erfahrung hinter uns. Ohne ein Wort zu sagen nimmt meine Frau die Kleine auf den Schoß, sie trösten sich gegenseitig. Wir Männer nehmen Kehrschaufel und Besen, zwei Eimer Scherben. Unser Junge spricht es nicht aus, aber ich kann seine Gedanken lesen: »Was ist das gegen die paar Risse im Transparent!«

Es wird für uns alle ein ganz »liebes« Weihnachtsfest und endet wie alle schönen Christfeste. Die Kinder liegen nach der Bescherung und dem Spiel mit ihrem Lieblingsgeschenk im Bett und schlafen hinein in einen wunderschönen ersten Weihnachtsfeiertag. Die Eltern stehen noch einen Augenblick im dunklen Weihnachtszimmer. Der warme Kachelofen entlockt dem frischen Christbaum starken Waldgeruch, die Pfefferkuchen duften, es »riecht« nach Freude und Hoffnung. Der Heiland ist geboren und ist jetzt ganz nahe und hat uns geholfen, dem Widersacher zu trotzen.

Aus der Chronik

Im Pfarrhaus Möschlitz liegt eine Chronik. Über einige Jahre im vorigen Jahrhundert berichtet der Pfarrer Heinrich Helfer. Er übernahm 1813 die »Pfarramtsgeschäfte«, nachdem er bereits einige Jahre im benachbarten Burgk als Katechet gewirkt hatte. In Möschlitz gab es für ihn viel zu tun, da manches im argen lag. Über seinen Vorgänger im Amt schreibt er freimütig: »*Als ein guter, aber schüchterner Mann hatte er vor allem, was Verdruß oder eine kräftige Wirksamkeit bringen oder erfordern konnte, eine große Abneigung.*« Heinrich Helfer mußte finanziell, wie es damals üblich war, für die Kinder seines verstorbenen Vorgängers sorgen und zahlte jährlich 40 Reichstaler, bis das letzte Kind das dreizehnte Lebensjahr erreicht hatte!

Genau dreißig Jahre nach seinem Amtsantritt starb Pfarrer Helfer »*im Armstuhl sitzend, mit Schreiben beschäftigt, an einem Schlagfluß*«. Die teilnehmende Trauer im Kirchspiel muß sehr groß gewesen sein. Noch heute erinnert eine in Erz gegossene Gedenkplatte an der Außenwand der Sakristei der Möschlitzer Kirche an die gesegnete Tätigkeit dieses »*männlichen Streiters Christi viel geliebt und viel beweint*«.

Zu seiner Zeit zog Napoleon mit seinen Soldaten durchs Land. Die Landbevölkerung hatte unter der ständigen Einquartierung viel zu leiden. So suchte man diese auf jede Art recht schnell wieder loszuwerden. Die Einwohner von Oschitz bei Schleiz hatten ihr Vieh rechtzeitig auf dem »*Unkenbühl*« in Wald und Gebüsch versteckt. Da sie aber von den Soldaten, die nun nichts fanden, »*gepreßt*« wurden, führten sie die beutehungrigen Männer zum Versteck des Möschlitzer Viehbestandes, wo sich die Soldaten denn auch schadlos hielten. Das führte natürlich zu »*Gegenmaßnahmen*« der verärgerten Möschlitzer. »*Um sich für diesen ›Liebesdienst‹ dankbar zu erweisen, brachten sie ihrerseits sächsische Husaren auf den ›Unkenbühl‹, wo sie den Oschitzern ein paar Ochsen nahmen und sich fort machten.*« In der ersten Wut versuchten nun die Oschitzer, in Möschlitz gewaltsam einzufallen. Es wurde gestürmt, der Angreifer aber in die Flucht geschlagen und vier Mann als Geiseln gefangengenommen! Die Sache wurde später friedlich beigelegt, weil sich »*die Oschitzer ihrer Taten schämten*«.

Ein anderes Mal erschienen abends drei Soldaten im Dorf, um für 300 Mann Quartier zu machen. Am nächsten Morgen entstand ein großes Geschrei, denn »*der Quartier machende Unteroffizier wollte sich durchaus nicht auf einem Ochsenwagen weiterbringen lassen, sondern er verlangte Pferde!*« Der Streit konnte gar nicht beigelegt werden, weil es im ganzen Dorf keine Pferde gab und noch nie gegeben hatte. Der im Krieg an anspruchsvolle Lebensart gewöhnte Unteroffizier geriet in solche Wut, daß er sein Seitengewehr zog und den Fuhrmann zu erstechen drohte. Das Schlimmste konnte der herbeigeeilte Pfarrer Helfer verhindern. Er führte am Nachmittag auch die Verhandlungen mit den inzwischen eingetroffenen Offizieren und erklärte ihnen: »*... daß hier alles mit Ochsen gefahren würde, selbst der Pfarrer führe mit Ochsen in sein Filial, und Offiziere aller*

Nationen wären schon bey uns mit Ochsen gefahren.« Die Entscheidung des Hauptmanns lautete: *»Nun, so fährt der Unteroffizier auch mit Ochsen.«*

Im Gefolge des Krieges gab es Seuchen. *»Das Jahr 1813 wurde verhängnisvoll, weil sich das Lazarettfieber nach den bei Leipzig angefallenen großen Schlachten ausbreitete und manchen Hausvater hinweggraffte.«* Die Ärzte waren rat- und tatlos. So erließ die Obrigkeit, um dieser Seuche zu wehren, eine recht seltsame Anordnung: *»Die an Lazarettfieber Gestorbenen seyen nicht auf den Gottesacker zu tragen, sondern zu fahren. Man hatte am Ort vor dieser Art eines Leichenbegängnisses eine Abscheu, daher es hie und da Verdrießlichkeiten gab. Daß aber die Verordnung für das Dorf nicht berechnet war, wo man die Leichen nicht anders als auf Leiterwagen fahren und am Gottesackerthor wieder abladen und dann, nachdem sie tüchtig durchgerüttelt waren, dennoch tragen mußte, das mußte jedem Vernünftigen einleuchten.«* So wurde diese Verordnung auch bald wieder aufgehoben.

Im Jahr 1830 *»beängstigte die Gemüther eine bisher ganz unbekannte Krankheit, die asiatische Cholera oder Brechruhr.«* Von den Preußen wurden zuerst, und dann von allen größeren und kleineren Fürstentümern, Absperrungen an den Grenzen gezogen, die zu nichts halfen, als daß sie Handel und Gewerbe erschwerten und unsägliches Geld kosteten. Krankenhäuser wurden in allen Orten eingerichtet, Vorräte aufgekauft, kurz, es wurden so viele Vorkehrungen getroffen, daß es auch dem Tapfersten hätte Angst werden können. Diese Krankheit forderte vor allem in Prag, Berlin und Magdeburg viele Opfer. Bei einbrechendem Winter flaute sie ab.

Durch die Kriege verloren viele Menschen Hab und Gut, als Bettler zogen sie über Land. »*Obgleich mein Pfarrhaus nur vier Mann stark war, haben wir von Weihnachten bis Pfingsten für 175 Reichsthaler Korn mahlen lassen, denn 30 bis 40 Bettler an einem Tag war die gewöhnliche Zahl!*« Und wo fanden sie ein Obdach, eine Schlafstatt? So wird von einem herumziehenden Bettler erzählt, »*den zuletzt Ungeziefer halber niemand mehr in die Wohnung aufnehmen wollte.*« Da blieb ihm nichts anderes übrig, als sich am Christelsbach zwischen Möschlitz und der Grochwitzer Mühle unter freiem Himmel in den Büschen zur Nachtruhe niederzulegen. Es war aber Winter! Nach langer Beratung entschloß man sich im Dorf, wegen des bevorstehenden Weihnachtsfestes großzügig zu sein. »*Jetzt machte man Anstalten, ihn hereinzufahren. Als aber das Fuhrwerk bey ihm ankam, fand man ihn bereits erfroren. So stellte man die Leiche ins Spritzenhaus und begrub ihn am 22ten Dezember abends in der Stille.*«

Feuer und Eis

Brände, die sich wegen der noch mangelhaften Löschtechnik oft zu Katastrophen ausweiteten, brachten unseren Vorvätern regelmäßig großes Unglück. Auch hierzu Heinrich Helfer in der Chronik: *»Am 22. April 1820 brach mittags im Dorf ein Feuer aus. Die Flamme durchschlug in der Mitte ein Hausdach und griff rasch um sich. Ich stürzte fort mit der Axt in der Hand, um Anstalten zu treffen, das kleine Nachbarhaus niederzureißen.«* Pfarrer Helfer arbeitete mit anderen in höchster Eile, aber ehe ihr Werk richtig beginnen konnte, stand auch dies Haus bereits in Flammen. So eilten sie von Haus zu Haus, von Dach zu Dach, jedoch das Feuer war schneller. *»Ich rief daher den Frauen, die Wasser herbeitrugen – die Männer waren fast alle noch auf dem Felde – zu: Wer vom oberen Dorf ist, geht nach Hause, denn das obere Dorf ist verloren. Auch ich eilte nach Hause, um das Nötigste zu retten, nämlich die Kirchenbücher, die Kirchenkasse und meine Papiere. Als dies geschehen und ich mein brennend Pfarrhaus verließ, begann soeben das Zifferblatt am Kirchturm und das Gesims desselben zu brennen. Doch jetzt waren auch Männer aus Schleiz angelangt, die sich durch das Turmdach schlugen und das brennende Sims löschten.«* So wurde die Kirche in Möschlitz gerettet, die eine Hälfte aber des Dorfes mitsamt dem Pfarrhaus wurde eingeäschert. Eine Frau, *»die mit einem Arm voll Sachen aus ihrem Haus kam, brannte lichterloh und starb vier Tage* später unter starken Schmerzen.« Gegen Nachmittag wurde das Feuer zum Stehen gebracht. Dreißig Feuerspritzen aus den umliegenden Dörfern sowie den Städten Greiz, Schleiz und Lobenstein waren eingetroffen. Der obdachlose Pfarrer fand Quartier in der Mühle. *»Um zehn Uhr endlich konnte ich mich ein wenig auf die in die Stube hingeworfenen Betten legen, aber Schlaf fand mein Körper nicht, dazu ließ es der geängstigte Geist nicht kommen.«*

Der Wiederaufbau des Dorfes ging dank großzügiger Hilfe von allen Seiten rasch voran. Die Genehmigung zum Wiederaufbau des Pfarrhauses durch die kirchliche Obrigkeit in Greiz dagegen ließ auf sich warten. Als Pfarrer Helfer dreimal vergeblich versucht hatte, diese zu bekommen, begann er auf eigene Verantwortung, denn *»hätte ich erst anfangen wollen zu bauen, wenn endlich das Rescript aus Greiz vorlag, so würde es zu spät gewesen sein. Allein ich hatte nun unausgesetzt den Bau betrieben, und so kam es dann, daß ich den 6ten August die Pfarre richten ließ, und den 8ten August die Erlaubnis zum Bauen kam!«*

Ein anderer Brandbericht läßt uns einen Einblick tun in das hoffnungslose Leben der Menschen, die ihrer Sinne damals nicht mächtig waren; heute würden wir von geistig Behinderten sprechen: Am 26. September 1829 stand gegen halb zehn Uhr die Fronveste auf Schloß Burgk in Flammen. Die Möschlitzer Feuerwehr eilte mit dem Pfarrer an der Spitze zu Hilfe. Die Brandbekämpfung konnte sich aber nur noch darauf beschränken, das Feuer einigermaßen unter Kontrolle zu halten und ein Übergreifen auf andere Gebäude zu verhindern.

»Wir bestrichen die Fronveste mit der Feuerspritze, daß sie nicht zu hohem Feuer kommen konnte. So ließen wir erst das Dach, dann das obere Stockwerk so weit zusammenbrennen, bis wir es durch die Feuerhaken den Berg hinunter in die Saale stoßen konnten.« Aber wie kam es zu diesem Brand? »Das Feuer war durch einen in der Fronveste einsitzenden ‚Rasenden' ausgekommen, der früher schon mehrmals vergebliche Versuche unternommen hatte, durch Abkratzen des Lehmes von dem eisernen Ofen und Einschiebung von brennenden Materialien Feuer aus demselben durch die Fugen herauszubekommen. Dieser Versuch mochte ihm diesmal geglückt seyn, und weil sein Käfig (!) ganz voll Stroh war, indem er keine Kleider auf dem Leibe litt, so stand ganz natürlich schon alles in Feuer, als es von den Wächtern gewahr genommen wurde. Er verbrande mit dem Hause zu Pulver!«

Nicht heiß, sondern eisig ging es an anderer Stelle zu: »Den 23ten Februar wurde nach einem langen kalten Winter endlich Thauwetter, so daß den 26ten das Eis auf der Saale brach. Nach alter Sitte ging da jung und alt ins Fischen.«

Mitten in der Saale bei Burgkhammer war damals, als der Fluß noch nicht gestaut war, eine kleine Insel, der Saugries genannt. Die Eisschollen zogen nun krachend und schiebend vorüber. Sie gaben hin und wieder die begehrten Fische frei. Als die Schollen zum Stehen kamen, gingen der Kantorkatechet und sein Bruder über dieses Eis, um auf der kleinen Insel besser fischen zu können. Kaum waren sie dort angelangt, als das Eis wieder in Bewegung geriet, ehe sie zurück ans feste

Ufer kommen konnten. Sie waren von aller Hilfe abgeschnitten. Zum Unglück überflutete die Saale die kleine Insel, so daß sie auf einer stehenden Eisscholle Zuflucht nehmen mußten. Obwohl aus den umliegenden Dörfern viele Helfer eintrafen, war doch, solange das Eis ging, keine Rettung möglich. Man mußte sich begnügen, ihnen Brot und Branntwein zuzuwerfen und auf der Saalewiese ein großes Feuer anzuzünden, damit es wenigstens hell und die Nacht weniger schauderhaft würde. Erst am kommenden Tag, als der Eisgang nachließ, konnten sie durch Floß und Seil gerettet werden. *»So wurden beyde, nachdem sie sechzehn Stunden in Todesangst gewesen, glücklich errettet.«*

Zum Schluß: das Wetter

Über das Wetter läßt sich gut plaudern oder auch schimpfen. Jeder kann da mitreden, denn wer hätte in dieser wichtigen Angelegenheit weder Erfahrung noch Meinung! Die allgemeine Meinung aber ist diese: Das Wetter war noch nie so schlecht und unbeständig wie in unseren Jahren. Früher war das ganz anders: Da gab es ein schönes Gleichmaß zwischen kalten, schneereichen Wintern und warmen, sonnigen Sommerszeiten. Wer hat's nicht schon singen hören: »Wann wird es endlich wieder einmal Sommer, ein Sommer, wie er früher einmal war, mit Sonnenschein von Juli bis September...« Früher, ja früher..., aber da wollen wir doch gleich einmal die Möschlitzer Kirchenchronik zum Thema Wetter befragen.

1816: Regnerisch vom Frühjahr bis zum Herbst; im Mai und Juni Dauerregen, so daß die Bauern das Saatgut »*nur ins Feld schmieren konnten*«. Ein schlimmer Mißwuchs war die Folge.

Solch Mißwuchs, Mißernte durch ungünstige Witterung bedingt, hatte auch stets eine Hungersnot zur Folge.

1817: »*... eine Theuerung durch vorhergehende Mißernte, die drückender war, als alle Kriegsdrangsale, die wir überstanden hatten.*« Statt im Durchschnitt 120 Säcke Erdäpfel (Kartoffeln) im Normaljahr, erntete man höchstens 24 Säcke. Das war für Mensch und Vieh zu wenig zum Leben. Das immer teurer werdende Brot bestand aus einem Gemisch von Wicken, Gerste, getrockneten Kartoffelschalen und Baumrinde! Die Not war fürchterlich. Die meisten Bauern zogen kraftlos und ausgehungert umher und hielten sich nur dadurch aufrecht, daß sie von Naumburg her Gemisch von Gerste und Wicken holten und dasselbe hier verkauften.

1819: »Waren im Juni sehr heiße Tage, doch war die Hitze im Juli aufs Hoechste gestiegen.« Am 8. Juli wurde die Hitzeperiode durch ein schweres Unwetter mit Sturm, Blitz und Donner, das um 14 Uhr begann und bis Mitternacht wütete, abgeschlossen. Scheunen stürzten ein, Fenster und Dächer wurden ab- und fortgerissen, das Heu von den Wiesen geschwemmt, so daß keine Spur mehr zu entdecken war. Vom Kirchturm wurden Kreuz und Knopf weggefegt. Im Wald entstand schwerer Schaden, die »stärksten Tannen waren gedreht wie Peitschenstiele.«

1822: Ein harter Winter, verbunden mit großer Wassersnot für Mensch und Tier, da Flüsse und Teiche zugefroren waren. Deshalb standen auch die Mühlen still. Bauern aus Zeulenroda und der Gegend um Greiz kamen bis nach Burgkhammer an der Saale, um ihr Korn mahlen zu lassen.

1826: Ein Jahr mit ständigem Wechsel, Sonnenschein und Gewitter, Abkühlung und Regen. Das erste schwere Gewitter ging bereits am 5. Mai über Feld und Flur nieder. Am 2. Juni wurde ein junger Bauer vom Blitz erschlagen, »als er eben mit den anderen Viehhirten dem Dorf zueilte. Die anderen, die hinter ihm waren, sahen ihn bey dem Schlag in den Hohlweg hinabstürzen und keinen Zuck und Ruck mehr tun!«

1828: Ein milder Winter. Nur im Februar gibt es kurz Frostwetter. Es fällt viel Regen, aber in der ganzen Winterszeit kein Schnee.

1829: »Der Winter übereilte uns frühzeitig, so daß Ende November schon alles unter tiefem Schnee vergraben lag. Er lag so hoch, daß selbst die Bekanntesten sich zwischen den Ortschaften oft verirrten.«

Der Winter mit geschlossener Schneedecke bei Frösten bis dreißig Grad unter Null dauerte fort. Der Boden war bis tief hinein gefroren, so konnte kein Begräbnis stattfinden.

1833: Ein milder, fast frostfreier Winter. Als der Pfarrer Heinrich Helfer am 2. Weihnachtsfeiertag von Möschlitz nach Grochwitz wanderte, um dort den Gottesdienst zu halten, »begegnete uns sowohl die Dorfherde als auch der Schäfer aus Burgk«.

1834: »Der Sommer des Jahres 1834 gehörte zu den wärmsten und durch den ganzen Julius stand das Thermometer stets bei 26 Grad über Null. Daß es dabei an Gewittern nicht fehlte, daß diese oft viel Schaden anrichteten, konnte nicht anders seyn. So ergoß sich am 22ten Juli in Plauen im Vogtland der kleine Bach, die Syra, so schnell und reißend, daß in der Zeit von einer halben Stunde etliche zwanzig Häuser theils ganz mit *fortgerissen, theils beschädigt wurden. 28 Verunglückte wurden miteinander begraben.*

1835: Es war kein Schnee und Frost bis Lichtmeß, »dann kamen warme Frühlingstage bis zum 6. Februar, wo es abends stürmte und in der Nacht ein Gewitter heraufzog. Blitze, Donner, Sturm und Regen ließen glauben, es sey eine Sommernacht.« Von da an herrschte bis Johannis trockenes Sommerwetter! Die Trockenheit führte zu einer sehr schlechten Ernte, »so daß die Erdäpfel auf den Feldern kaum den Samen wiedergaben«.

1836: *»Auf einen milden Winter folgten im April Schnee und Frost, beides zog sich bis Ende Mai hin.«*

1838: *»Am zehnten May erfroren bei starkem Frost die Gerste und fast alle Laubbäume.«*

Hier schlagen wir die Chronik wieder zu, denn wir haben erkannt, daß auch früher das Wetter seine Launen hatte und es sich zu allen Zeiten gut über das Wetter reden oder kräftig klagen läßt.